MICHAEL HARDCASTLE

ALI
BA
BA

Impressum
Abseits
Originaltitel: No Defence
Übersetzung von Anja u. Dieter Hochgesand
first published in 1986 by Andre Deutsch Ldt., London

Gesamtherstellung: Fuldaer Verlagsanstalt GmbH
Printed in the Federal Republic of Germany
ISBN 3-922723-57-8
AK 3

Michael Hardcastle

Abseits

Übersetzt von Anja und Dieter Hochgesand

ALIBABA VERLAG
Frankfurt am Main

Erstes Kapitel

Als er den Club verließ, war Neil Duncanson sicher, daß Ellie heute abend auf ihn warten würde. Zugegeben — das letztemal war sie nicht am Treffpunkt gewesen, obwohl sie sich mehr oder minder auf eine Verabredung geeinigt hatten. Diesmal war es anders. Davon war er überzeugt.

Das Glück stand wieder auf seiner Seite. Am Nachmittag hatte er beim Spiel 'Fünf-gegen-Fünf', das der Boß als Teil des zusätzlichen Trainingsprogramms angeordnet hatte, sogar ein Tor reingeballert. Als defensiver Mittelfeldspieler, der den Gegner stören und ihm den Ball abnehmen soll, war Toreschießen eigentlich nicht sein Job. Also war es für ihn eine besondere Befriedigung, dem Rest der Jungs gezeigt zu haben, daß er bei allem, was zum Fußball gehörte, so gut war wie sie. Oft sogar besser, obwohl er der zweitjüngste Stammspieler in Fleetville Uniteds 1. Mannschaft war.

»Gehst du noch einen trinken, Klein Dunc?« fragte ihn Bob Counsel, der Masseur des Klubs, als er an der offenen Tür des Behandlungsraums vorbeikam.

»Eigentlich nicht«, antwortete Neil, der langsamer ging, aber nicht stehenblieb. »Ich glaube nicht, daß du junge Spieler ermuntern solltest, sich zu besaufen, Bob.

Der Boß meinte auch so schon, daß wir schlecht genug spielen.«

»Wer hat denn von Ermuntern gesprochen?«

Bob hatte eine Vorliebe, Debatten anzuzetteln, wann immer sich Gelegenheit dazu bot. Schon deshalb genoß er es, mit Neil ins Gespräch zu kommen. In seinen Augen war Neil zwar zu selbstbewußt, hatte aber auch Grips und wachen Verstand. All das zog Bob Counsel jener schwachsinnigen Sorte Profis vor, die ihren Mund nicht aufbekamen, ohne wie Murksköpfe (einer von Bobs Lieblingsausdrücken) zu klingen.

Wenn Bob stundenlang Verstauchungen untersuchte und Muskeln massierte, unterhielt er sich gerne mit den Patienten, die er gerade behandelte. Das brachte immer Abwechslung in seine eintönige Arbeit.

»Du, ich hab keine Zeit, einen zu trinken, selbst wenn ich wollte«, antwortete Neil, der eine zeitraubende Diskussion vermeiden wollte.

»Hast 'ne Verabredung, was?« hakte Bob nach.

Das Liebesleben der Spieler hatte den Masseur schon immer fasziniert. Es gehörte zu den kleinen Freuden des Lebens, wenn sie, auf seiner Massagebank liegend, ihn ins Vertrauen zogen. Je aufregender die Geschichten waren, umso hingebungsvoller behandelte er ihre gezerrten Muskeln, ihre Prellungen und lädierten Knie. Das behaupteten zumindest viele Spieler und fluchten, wenn über seine Arbeit gesprochen wurde.

»Es geht dich nichts an, selbst wenn ich eine Verabredung hätte«, antwortete Neil, der gegen seinen Willen stehengeblieben war.

»Natürlich nicht, Dunc, natürlich nicht.« Bob grinste besänftigend. »Ich wollte dir bloß einen freundlichen Rat geben. Treib's nicht zu toll. Probleme mit dem Rücken, tja, die sind gewöhnlich am schwersten zu behandeln — man weiß eben nie, ob der Spieler simuliert, weißt du — verdammt schwierig ...«

»Rückenschmerzen! Was haben Rückenschmerzen mit dem zu tun, worüber wir reden?«
»Aber, Dunc. Ich bin sicher, daß du sehr gut weißt, daß der Rücken viele Folgen des ... nun ja, des Liebeslebens zu tragen hat. Das ganze Flachliegen, dann die ziemlich schnellen Bewegungen ...«

»Oh Mann, so ein Schwachsinn, immer gleich das Schärfste zu phantasieren, das sieht dir ähnlich, Bob.« Neil lachte.

»Also, denk daran, was ich sage, Klein-Dunc. Eure Verrenkungen oder Verletzungen machen mir nur Arbeit. Ganz zu schweigen vom Boß und seinem Geraunze am Morgen. Du hast's gut, du mußt dich morgens nicht als erster bei ihm sehen lassen. Ich muß hier sein, noch bevor du deine Cornflakes gefressen hast — und er ist immer noch vor mir da.«

»Na und, warum überrascht du ihn nicht mal eines morgens und bist vor ihm da?« schlug Neil vor, froh über die Gelegenheit, das letzte Wort bei diesem Geplauder zu haben. »Das bringt ihn vielleicht sogar auf die Idee, dein Gehalt zu erhöhen, als Belohnung für außergewöhnliche Pflichterfüllung.«

»Aha, hätt' ich mir doch denken können, daß du früher oder später aufs Geld zu sprechen kommst. Das hast du ja immer im Kopf, stimmt's, Dunc? Wenn du das ganze Geld auf dem Konto hättest, von dem du immer redest, wärst du längst Millionär.«

»So isses, Bob, so isses! Okay, bis morgen also.«

Er wollte den Gang hinunterspurten, um außer Sichtweite zu gelangen. Bob würde jeden in ein endloses, womöglich bis in die Nacht dauerndes Gespräch verwickeln, wenn man ihm die Gelegenheit dazu gab. Fairerweise mußt Neil zugeben, daß er gerne zuhörte. Es gab kaum etwas, was Bob Counsel über die Leute von Fleetville United, die Spieler und das Management nicht gewußt hätte. Absichtlich oder nicht — alle erzählten ihm 'ne ganze Menge. Trotzdem hätte Neil wetten können, daß niemand dem Masseur oder dem Boß etwas von Ellie erzählt hatte. Es war sein eiserner Vorsatz, diese Sache für sich zu behalten.

Sein Escort stand als einziger Wagen noch auf dem Parkplatz des Vereinsgeländes. Neil schlenderte darauf zu und erinnerte sich daran, wie einmal ein Junge hier geduldig auf ihn gewartet hatte, obwohl es schon ziemlich spät geworden war. Sein Autogramm wollte der Junge haben. Deshalb war er bereit gewesen, bis lange nach Schlußpfiff des Reservespiels zu warten. Die flehentliche Bitte des Jungen um ein Autogramm, den ausgestreckten Arm mit dem Stift und das in Leder gebundenen Autogrammbuch in der Hand, das würde er nie vergessen, weil es der Moment war, als es Neil dämmerte, daß er tatsächlich ein Fußball-Profi geworden war.

Dabei hatte er damals erst ein paar Spiele in Uniteds 1. Mannschaft in der Meisterschaft der Zweiten Liga absolviert. Schon oft hatte er für jugendliche Fans, die sich vor dem Spielereingang in den Stadien oder vor dem Mannschaftsbus versammelt hatten, seine Unterschrift gekritzelt. Er hatte sich nichts dabei gedacht, war doch jeder Fußballer Ziel von Autogrammjägern. Doch das hier war anders. Es war *seine* Unterschrift, die sich dieser Junge so sehnlichst wünschte, seine ganz allein. Dafür war der Junge bereit gewesen, stundenlang auf dem dunklen Parkplatz zu warten. Diese Situation hatte den Ausschlag gegeben, daß Neil Duncanson sich als was Besonderes fühlte. Niemals würde er die Hingabe dieses Jungen vergessen.

Heute abend wartete niemand auf ihn. So konnte er die Konturen seines Wagens bewundern, als er darauf zuging. Es war sein erstes eigenes Auto, er hatte es ganz mit eigenem Geld und bar bezahlt, keine Schulden gemacht oder Raten abgestottert. Sein Einkommen als Fußballer war gut, aber die Nebeneinkünfte aus anderen Quellen waren besser. Doch keineswegs wollte er zu wohlhabend erscheinen. Die Leute würden nur neugierige Fragen stellen — oder Abgründe von Neid offenbaren. Der Escort erschien ihm ausreichend, solange er für einen Zweitklub spielte. Wenn er, wie es seinen Plänen entsprach, eines Tages zu einem Spitzenklub der Ersten Liga wechselnund, als Star, einen im ganzen Land bekannten Namen haben würde, dann könnte er sich was Größeres, Leistungsfähigeres und — nun ja — Repräsentativeres erlauben. Ein wirklich attraktives Auto.

Bevor er die Tür des schwarz-silbernen Escort öffnete, prüfte er sorgfältig Kotflügel und Karosserie auf Anzeichen eines Racheaktes ortsansässiger Vandalen. Doch kein Neidhammel oder United-Feind hatte einen Nagel in den Lack geritzt und wellenförmige Kratzer über die Länge des Autos gezogen. Neil war immer froh, zu Auswärtsspielen mit dem Mannschafts-Bus fahren zu können, weil sein Auto dadurch nicht der Willkür gegnerischer Fans ausgesetzt war. Heute abend war sein Escort immer noch schön und makellos wie am ersten Tag. Abergläubisch (Profisportler sind bekanntermaßen ein abergläubischer Haufen) und geradezu zärtlich streichelte er die Motorhaube, bevor er einstieg.

Auf dem Weg zum Bahnhof, bei voll aufgedrehter Stereoanlage als notwendige Geräuschkulisse, dachte er an Ellie; sein Mund begann trocken zu werden, wie immer, wenn er versuchte, sich den erregendsten Verlauf ihres Treffens vorzustellen. Viel hing davon ab, wie er sie begrüßte, welche Worte er benutzte, welchen Tonfall er wählte. Sie kannte ihn in- und auswendig. Unheimlich. Manchmal fragte er sich, wieviele Mädchen wohl diese erschreckende und doch so wundervolle Wirkung auf Jungen haben mochten. Darüber hätte er gerne mit Ben Beeley, seinem besten Kumpel und Uniteds bestem Stürmer diskutiert. Aber Ben machte sich nichts aus Mädchen. Viele hatten versucht, ihn zu kriegen, denn er sah unglaublich gut aus. Aber das machte keinen Eindruck auf Ben. Er wollte, wie er ziemlich stolz sagte, 'sein eigener Herr' bleiben. Neil glaubte, daß er Bens einziger Freund war: Und wirklich vertraut miteinander waren sie nicht. Sie hatten nur ein paar mal, wenn United bei Auswärtsspielen in Hotels übernachtete, das Zimmer geteilt. Als Profifußballer wie im Privatleben war Ben ein Einzelgänger.

Ellie hatte die Zeit für ihr Rendezvous gut gewählt. Gerade war ein Zug angekommen, späte Pendler und Einkaufsbummler drängelten sich in der Bahnhofshalle oder strömten zu Parkplatz, Taxi und Bus. Würde jemand sie beide entdecken, würde es so aussehen, als wären sie gerade mit dem Zug gekommen, und ihr Zusammentreffen wäre reiner Zufall. Würde jemand sie ansprechen, mußte ihm weisgemacht werden, daß sie sich kaum kannten. Neil machte all diesen von Ellie ausgedachten Hokuspokus mit, weil sie ihm keine andere Wahl ließ, wenn er sich weiterhin mit ihr treffen wollte.

Daher schlich er sich, ganz wie sie es angeordnet hatte, unauffällig in den Wartesaal und tat so, als ginge er traumverloren herum, ohne jemand bestimmten zu suchen. Sie hätte sich natürlich am besten in die Nähe des Eingangs setzen können, dann wäre ihm diese Komödie erspart geblieben. Stattdessen versteckte sie sich am hintersten Ende des Saals hinter einer Abendzeitung. Es entsprach nicht seinem Charakter, ziellos umherzuschlendern, aber er tat sein bestes, ihr Zusammentreffen als puren Zufall erscheinen zu lassen. Das ganze war ziemlich blödsinnig, denn offensichtlich nahm niemand auch nur die geringste Notiz von ihnen beiden. Entweder saßen die Wartenden mit dem ausdruckslosen Gesicht von Leuten herum, die eben erfahren haben, daß ihr Zug eine Stunde Verspätung hat, oder sie waren in Bücher oder Zeitungen vertieft.

»Eh, hallo«, sagte er leise, nachdem er vor ihr stehengeblieben war. Das einzige, was er deutlich sehen konnte, waren die dichten schwarzen Locken auf ihrem Kopf. Ihre zierlichen Fußgelenke, die muskulösen Waden und die eleganten roten Schuhe hatte er bereits beim Durchqueren des Saals bemerkt.

Sie ließ die Zeitung sinken und warf ihm einen prüfenden, fast überrascht wirkenden Blick zu. Er wußte, daß sie schauspielerische Ambitionen hatte.

»Was für eine Überraschung«, sagte sie völlig kalt, und es klang keineswegs, als wäre sie in irgendeiner Weise überrascht. »Wie schön, dich zu sehen.«

Auch das klang eher höflich-reserviert als einladend. Aber er war ihre Launen gewöhnt und fühlte sich nicht brüskiert. Er war einfach dankbar, daß sie da war; daß sein Glaube an die Wiederkehr des Glücks jetzt auf unwiderlegbaren Tatsachen beruhte. Sie trug eine weiße Bluse unter einer schwarz-weißen Jacke. Nicht zum ersten Mal wünschte er sich, daß sie manchmal blaß-blau vorziehen würde — Uniteds Farben. Er hatte es mal erwähnt, und sie hatte nicht wirklich was dagegen gehabt; sie wolle es sich überlegen, hatte sie gesagt.

»Wie wär's mit was zum Trinken?« fragte er und kannte natürlich die Antwort im voraus. Oder zumindest ungefähr. Schließlich war sie ziemlich stolz darauf, in allem unberechenbar zu sein. Dieser Abgrund von Unsicherheit, auch bei weniger bedeutenden Dingen des Lebens, beunruhigte ihn permanent. Doch das konnte und würde ihn nicht daran hindern, ihr nachzulaufen.

»Na ja, ich glaube, ich habe noch Zeit für einen Drink, bevor mein Zug kommt«, sagte sie nachdenklich. »Dabei dachte ich immer, Profi-Sportler würden keine harten Sachen trinken.«

»Wer hat was von harten Sachen gesagt ... nun ja, was das Trinken angeht, meine ich?« Er grinste. »Du kannst ja Tee trinken, wenn du möchtest.«

»Eine gute Idee«, entgegnete sie mit gelangweilter Stimme, stand auf und sah sich langsam im Saal um, als wolle sie prüfen, ob nicht ein anderer Bekannter da wäre, mit dem sie sich lieber in der Öffentlichkeit gezeigt hätte.

Sie blieb etwa einen Schritt hinter ihm, als sie sich ihren Weg durch die Menschenmenge zum Ausgang und hinaus zum Parkplatz bahnten. Auf diese Weise hätte sie, falls nötig, schwören können, daß niemand sie am 20. September abends an der Fleet Station in Begleitung eines jungen Mannes mit breiten Schultern und borstigem blonden Haar gesehen haben konnte. Erst als sie sich in der tiefen Dunkelheit des Parkplatzes befanden, kam sie an seine Seite. Er legte den Arm um ihre Taille, und sie — das überraschte ihn doch einigermaßen — hatte nichts dagegen. Er beschloß dennoch, seine Hand jetzt nicht weiter nach unten gleiten zu lassen. Alles zu seiner Zeit: er hatte das auf die schwierige Tour gelernt.Er hoffte, auch kapiert zu haben, wann er welche Fragen stellen durfte.

»Wie ist es heute gelaufen?« fragte er, während er sie an ein paar schlecht geparkten Autos vorbeiführte. »Gute Stimmung bei der Chefin?«

»Eigentlich so wie immer.« Dann hielt sie inne. »Na ja, vielleicht nicht ganz wie sonst. Einer der Kunden hat versucht, sich mit ihr zu verabreden. Noch Stunden danach hat sie sich was drauf eingebildet.«

»Was! War das, bevor er eine neue Brille bekam? Vorausgesetzt, er kam in euer Geschäft, um eine neue Brille zu kaufen?«

»Er kam, um seine Brille abzuholen, die wir repariert hatten. Nachdem er sie aufgesetzt hatte, sah er Maureen lange an und sagte: Nun, da er sie richtig sehen könne, wisse er sie erst richtig zu schätzen, und wie es damit wäre, wenn er sie für all die gute Arbeit belohnen und zum Essen ausführen würde. Fand schon ein paar recht schmeichelnde Worte, dieser Mr. Williams. Ich würde sagen, Maureen war tief beeindruckt.«

»Also hat sie seine Einladung angenommen?«

»Na ja, nicht sofort, nein. Hat gemeint, sie würde sich's überlegen und ihm Bescheid geben.«

»Ihr seid doch alle gleich, ihr Frauen. Wollt euch nie sofort entscheiden — bei nichts. Schiebt die Dinge immer raus und wartet, ob sich nicht noch was Besseres bietet.«

»So ist es«, pflichtete sie bei, statt die Herausforderung anzunehmen, »genauso ist es.«

Er wußte nicht recht, was er darauf antworten sollte, denn er fürchtete, sie habe womöglich die Wahrheit gesagt. Deshalb ließ er sich Zeit, für den Fall, daß sie noch etwas dazu sagen wollte. Er ließ das Auto an, legte den Gang ein und steuerte vorsichtig aus der Parklücke. Er spürte den starken Drang, sie zu küssen, aber er wußte, daß sie auf einem öffentlichen Parkplatz und zu dieser Tageszeit was dagegen hatte. Außerdem war auch ihm ein stilles Plätzchen lieber. Manchmal, aber nur manchmal, schien sie ihn fast genauso zu begehren wie er sie.

Ganz bewußt fuhr er nicht sehr schnell, als er die Hauptstraße erreicht hatte, die aus der Stadt hinausführte. Zum einen schätzte Ellie hohe Geschwindigkeiten nicht sonderlich; zum anderen hatte sie etwas dagegen, Aufmerksamkeit auf sich zu lenken. Wenn er darüber nachdachte, gab es jede Menge Sachen, gegen die Ellen etwas hatte. Aber er war bereit, ihre Launen noch eine Weile zu ertragen. Wie lange noch, darüber wollte er im Moment nicht spekulieren.

Gleich hinter der Bahnunterführung bog er auf einen schmalen Weg ab, der so holprig war, daß er hin und wieder um die Stoßdämpfer seines Escorts fürchtete. Nicht viele Leute schienen diesen Weg zu kennen. Die Aussicht, ungestört zu sein, wog alle Nachteile auf. Nur einmal hatte Neil hier eine unliebsame Überraschung erlebt: durch zwei kichernde Spanner, die wer weiß was gesehen haben mochten, bevor sie sich verrieten. Er hatte immer vermutet, sie seien ihm und seiner damaligen Freundin rein zufällig begegnet und lägen nicht ständig hier auf der Lauer. Mit Ellie hatte er hier noch nie Ärger gehabt, was Spanner betraf.

Der Weg machte eine scharfe Kurve unter tiefhängendem Gebüsch, Blätter streiften über die Windschutzscheibe. Ellie schwieg; aber er wußte, daß sie diese Gegend nicht mochte. Ab und zu fragte er sich, ob sie seine Pläne durchkreuzen und auf der Tasse Tee bestehen werde, die er ihr versprochen hatte. Genaugenommen hatte er sie nicht versprochen, doch sie könnte sehr wohl das Gegenteil behaupten. In diesem Augenblick holperte der Wagen über einen großen Stein oder ein ähnliches Hindernis, woraufhin seine Gedanken sofort in die Gegenwart zurückkehrten. Noch immer sprach sie kein Wort, er konnte ihre Stimmung nicht deuten.

Er wählte einen kleinen, aber optimalen Platz unter einer Baumgruppe, unmittelbar neben der Einfahrt eines Bauernhofs. Dort schaltete er Motor und Licht ab. Weil sie keinerlei Anstalten machte, ihren Sicherheitsgurt zu lösen, tat er es für sie. Er faßte sich ein Herz und küßte sie heftig und anhaltend, die Zunge tief in ihrem Mund. Sie reagierte wie erhofft, als seine Hand in ihre Bluse und unter den BH schlüpfte.

Ein paar Minuten später schob sie ihn sanft aber bestimmt zurück. Als er nicht von ihr abließ, sondern wollte, daß sie seine Erregung spüre, zog sie ihre Hand zurück.

»Komm schon, Ellie«, drängte er, »komm schon. Wir haben's doch schon früher gemacht, und ich will es nochmal machen ... hier, jetzt!«

»Nein, nicht hier, nicht jetzt«, sagte sie und machte sich fast völlig von ihm los. »Ich habe dir das letzte Mal gesagt ... Ich ziehe mich nicht aus in einem Auto, und ich schlafe nicht mit jemand im Auto — um nichts auf der Welt. Deshalb bin ich nicht mit dir hierher gekommen.«

Neil ließ sich in seinen Sitz zurückfallen. Wieso war er so sicher gewesen, daß das Glück wieder auf seiner Seite stand? Er hätte es besser wissen sollen — was Ellie betraf auf jeden Fall.

In den letzten Wochen hatte er eine Menge Warnzeichen mitbekommen, daß sie sich von ihm trennen wollte. Es war wie bei Lynne, seiner letzten — nun ja, mehr oder weniger — festen Freundin. Es war nicht so, als wären sie nie weiter als bis zum ersten Kuß oder einer keuschen Berührung gekommen. Einige Male waren sie weitergegangen: sie hatten miteinander geschlafen, und er hatte das Gefühl gehabt, daß es ihr etwas bedeutete. Aber es ging ihm nicht in den Kopf hinein, warum die Mädchen mit ihm Schluß machen wollten. Und richtig erklären konnten oder wollten sie es auch nicht.

»Warum bist du dann überhaupt mitgekommen?« brummte er schließlich, nachdem es nicht danach aussah, als ob Ellie noch etwas sagen würde.

»Na ja, als du anriefst, hast du gesagt, daß du mich dringend sehen müßtest«, antwortete sie langsam und betont gelassen. »Ich dachte, es wäre wirklich was Ernstes oder sonst etwas Wichtiges. Vielleicht was mit deinem Job oder deinen Eltern. Ich ... ich wollte dich nicht einfach hängenlassen. Ich dachte halt, du brauchst jemanden, mit dem du darüber sprechen kannst. Du hast ja oft geklagt, daß du keinen richtigen Freund hast. Deshalb wollte ich dir zuhören, Neil, zuhören — aber das war auch alles. Also — warum hast du angerufen, was war so dringend?«

Einen Augenblick starrte er aus dem Fenster, ohne ein Wort zu sagen. Er hatte keine Lust, ihre Beziehung zu analysieren: er wollte einfach nur seinen Spaß mit ihr haben. Doch sah es so aus, als ob das so nicht laufen würde. Dabei hatten sie auch gute Zeiten miteinander erlebt und auch beide wirklich Spaß an Sex gehabt. Ellie selbst hatte das bestätigt. Weshalb konnte sie einfach nicht verstehen, daß er sie gern hatte, wirklich gern hatte?

»Ich wollte dich einfach nur wiedersehen, das ist alles«, murmelte er. »Es war eine lange Zeit gewesen. Ich brauchte dich — brauche dich. Ich dachte, der Platz hier wäre okay für heute abend, weil wir nicht soviel Zeit haben.«

Er hielt inne und fragte dann: »Wo willst du denn hingehen? Ich meine, wir können nicht zu mir nach Hause, das weißt du. Meine Eltern sind zwar weg, aber Garry wird da sein. Elender Saukerl. Nie geht er aus dem Haus, wenn ich's mal gern hätte. Und es geht nicht, daß wir zu dir gehen, weil deine Eltern zuhause sind. Also was machen wir? Wo willst du hingehen?«

»Nirgendwohin«, sagte sie gelassen. »Das ist das Problem. Nirgendwohin.«

Er kapierte nichts.

»Aber — es muß doch was geben, wo wir hingehen können«, meinte er hartnäckig. »Sieh mal, es ist kein Problem, ins Hotel zu gehen. Ich zahle das. Ich hab's dir schon oft angeboten. Also, laß uns gehen und anfangen. Okay? Es ist doch kein Problem, denen irgend was zu erzählen . . .«

»Nein«, unterbrach sie rasch. »Ich habe nicht gemeint, daß mir nichts einfällt. Ich meine, es gibt keinen

Ort, wo ich hin will, wo ich hingehen werde. Neil, ich will mit dir überhaupt nirgendwo hin.«

Seine Erregung hatte nachgelassen. Es war immer dasselbe, wenn Mädchen ihn abwiesen. Er haßte sie nicht dafür, wollte aber unbedingt verstehen, weshalb sie ihn nicht mochten. Am Anfang begehrten sie ihn immer heftig; warum also ging es danach immer schief? Eines Tages würde er dahinterkommen.

Behutsam beugte er sich zu ihr hinüber und strich mit der linken Hand über ihre Locken, die über den Jackenkragen wie kleine Kaskaden herabfielen. Dann drehte er ihr Gesicht sachte zu sich hin. Er dachte, sie sei dem Weinen nahe, aber nichts deutete darauf hin. Im fahlen Licht war ihr Blick klar, ihr Ausdruck ungerührt. Einmal hatte sie ihm gestanden, daß es seine 'unerwartete Sanftheit' war, die sie so beeindruckte. Zunächst hatte er diese Bemerkung nicht weiter beachtet, später aber beschloß er, daraus Nutzen zu ziehen. Schließlich war es etwas, das die Mädchen an ihm mochten. Oder ein Mädchen zumindest.

»Schau mal, ich habe was für dich«, begann er vorsichtig.

»Oh, ich kenn das, ich kenn das schon zu gut, aber ich will nicht ...«

»Nein, nein, so mein ich das nicht. Ich hab nur gemeint ... Verdammt, ich meine das jetzt nicht! Ich rede von einem Geschenk. Ich hab ein besonderes Geschenk für dich. Wirklich was Außergewöhnliches, Ellie.«

Einen Augenblick lang blieb sie stumm. Obwohl es ihn drängte, ihr eine Freude zu machen. zwang er sich zur Geduld. Er wollte, daß sie begriff, wie echt seine Gefühle für sie waren. Wenn sie sah, was er für sie hatte, vielleicht würde sie es dann anerkennen.

»Schau, Neil, du hast mir schon soviele Geschenke gemacht, soviel mitgebracht, was ich eigentlich nicht verdient habe. Zuviel, wirklich viel zuviel. Ich will nicht, daß du soviel Geld für mich ausgibst, wenn ich dir nicht auch, na ja, nicht auch viel, nicht wirklich was zurückgeben kann.« Sie hielt inne, fügte aber schnell hinzu: »Ich will nicht weiterhin das Gefühl haben, daß ich in deiner Schuld stehe.«

»Das brauchst du nicht, Ellie. Niemals. Aber ich mag das, ich mach dir gerne Geschenke. Und das hier ist wirklich Spitze.«

Er langte auf den Rücksitz und zog unter seiner Jacke ein schmales Päckchen hervor. Ganz behutsam legte er es in ihren Schoß.

»Was ist es?«

»Warum machst du's nicht auf und schaust nach?«

»Ja, aber ...«

»Warum müssen die Leute immer solche Fragen stellen?« sagte er ziemlich aufgebracht. «Mach's doch einfach auf und schau's dir an.«

Vorsichtig entfernte sie das Papier. Selbst als sie es schon fast ausgepackt hatte, wußte sie nicht, was sie vorfinden würde.

»Ein Spiegel! Ein Handspiegel — oh, der ist aber Klasse! Und, ja wie ...? Ist das echt Silber, der Griff und der Rahmen?«

»Klar, das ganze Ding.«

»Neil, der muß ja ein Vermögen gekostet haben! Ich glaube, ich kann sowas Teures nicht annehmen. Obwohl — na ja, ich wollte schon immer so einen Handspiegel haben. Und ...«

»Tatsächlich wird das Ding in der Branche Schauglas genannt, weißt du, Antiquitäten und all das.« Je mehr er redete, desto eher, so schien es ihm, würde sie ihre Einwände aufgeben und das Geschenk annehmen. Nichts war demütigender, als wenn ein Geschenk abgewiesen und einem vor die Füße geworfen wurde. »Antiquitätenhändler behaupten, daß die momentan sehr in Mode sind, diese Handspiegel.«

Sie sah ihn fragend an. »Aus einem Antiquitätenladen hast du das? Ich denke, die verlangen Phantasiepreise für sowas ...«

»Bitte Ellie, vergiß das, okay? Es ist völlig egal, woher es kommt. Alles was zählt, ist daß ich will, daß es dir gehört. Ich habe es nur für dich besorgt.«

Diesmal kam rasch Bewegung in ihr Gesicht. »Ich kann das nicht annehmen, Neil. Wirklich, ich kann es nicht. Schau, ich weiß, du sagst, ich muß. Aber ich kann es einfach nicht annehmen. Zum einen habe ich absolut nichts getan, womit ich ein solches Geschenk verdient hätte — und mein Geburtstag steht noch wochenlang aus. Zum anderen habe ich beschlossen, daß wir uns nicht mehr treffen. Es läuft, na ja, es läuft eben einfach nicht mehr mit uns. Du weißt das so gut wie ich, Neil, in deinem Innern. Deshalb ...«

Sie sprach die nächsten Worte, wie immer sie lauten mochten, nicht mehr aus. Er hatte geahnt, was kommen würde, und wußte jetzt nicht, was er antworten sollte. Wenn er nichts sagte, würde sie es sich vielleicht anders überlegen; gestehen, daß sie es so nicht gemeint hatte.

Mädchen, so seine Erfahrungen, meinten nicht immer, was sie sagten: ziemlich oft taten sie genau das Gegenteil von dem, was sie gesagt hatten. Andere Jungs konnten das bestätigen — zumindest nach dem, was sie ihm erzählten. Ellie, das hatte er immer so empfunden, war eigentlich nicht so. Aber vielleicht hatte er sie da mal wieder falsch eingeschätzt.

Schließlich unterbrach sie die tödliche Stille.

»Du weißt, ich mein das ernst, nicht wahr?«

Es machte ihn hilflos, daß sie seine Gedanken so leicht erriet.

»Aber warum, warum?« wollte er wissen. »Ich meine, wir haben doch schöne Zeiten miteinander verbracht. Wir haben viele schöne Sachen gemacht. Zum Beispiel den Angelausflug nach Solo Island, wo wir eigentlich gar nicht geangelt haben. Erinnerst du dich?«

Sie stieß einen Seufzer aus. »Aber wir haben nichts, was uns wirklich verbindet. Es besteht nichts wirklich Gemeinsames zwischen uns. Meine Interessen unterscheiden sich völlig von deinen. Du scheinst nur an Geld zu denken, an das, was du dafür kaufen kannst, ja, mir kaufen kannst. Ich habe das Gefühl, daß du versuchst, mich zu kaufen. Damit du mich benutzen kannst. Ich fühle mich immer benutzt, wenn ich mit dir zusammen bin. Es gibt einfach keine Gemeinsamkeit zwischen uns. Alles, was du wirklich von mir willst, ist Sex und jemand, dem du Geschenke machen kannst.«

»Du magst Sex genauso wie ich«, entgegnete er. »Na ja, früher auf jeden Fall. In letzter Zeit hast du allerdings nicht mehr viel Interesse daran gehabt. Hat es — hat es damit zu tun, daß du einen anderen hast? Oder?«

Diesmal war ihr Seufzer noch tiefer. »Mann, oh Mann, warum denken alle Jungs, ein anderer nähme ihren Platz ein? Warum kannst du nicht einfach akzeptieren, daß es, nun ja, nicht läuft mit uns, aus allen möglichen Gründen nicht? Wir können uns auch weiterhin an die schönen Zeiten erinnern und dankbar sein, daß wir sie erlebt haben. Jetzt zu analysieren, warum es nicht mehr funktioniert, öffnet nur neue Wunden.«

»Da ist aber doch ein anderer, nicht wahr?« beharrte er. »Es ist doch so, nicht wahr, Ellie?«

»Wenn du es unbedingt glauben willst, dann glaub es eben«, sagte sie sanft. »Wenn es leichter für dich ist, bitte.«

»Ich will aber wissen, wer es ist«, erwiderte er zornig. »Ich habe ein Recht darauf, seinen Namen zu erfahren. Das bist du mir schuldig.«

Sie verkroch sich immer tiefer in ihren Sitz und hörte ihm nicht weiter zu.

»Da ist — jemand — der uns beobachtet«, flüsterte sie tonlos.

Neil dachte sofort, dies sei ein Trick, um zu vermeiden, ihm den Namen zu sagen, den er unbedingt wissen wollte. Dennoch warf er einen Blick über die Schulter und legte seine Hand auf den Schalter für die Scheinwerfer.

»Wo?« fragte er sorglos.

»Ich sehe — ich sah etwas Weißes, ein Gesicht, hinter dir«, flüsterte sie und sprach weiterhin durch die Zähne, als glaubte sie, ihr Gespräch würde belauscht werden.

Er überlegte, wie er am besten die Tür aufreißen, rausspringen und den Gaffer verfolgen könnte, um den Überraschungseffekt zu nutzen. Dunkelheit hatte Neil Duncanson zu keiner Zeit Angst eingejagt, nicht, soweit er sich zurückerinnerte. Sollte tatsächlich jemand sie beobachten, was er weiterhin bezweifelte, würde er sich jetzt Genugtuung verschaffen und ihn verdreschen, um ihm seine widerliche Spannerei heimzuzahlen.

»Siehst du ihn noch?«

Ellie bewegte sich ein wenig, als ob sie sich vergewissern wollte. Neil hatte seine Hand auf ihrem Oberschenkel und wollte sie streicheln, um sie zu erregen. Doch er wußte, daß sie jetzt ganz bestimmt nicht reagieren würde. Sie merkte überhaupt nicht, daß er sie berührte.

»Ich — ich glaube ja. Aber es ist ein bißchen — ein bißchen verschwommen.«

Er hatte geahnt, daß sie in solch einem Fall keinen Rückzieher machen würde, auch dann nicht, wenn sie wußte, daß sie sich getäuscht hatte. Ihm war auch klar, daß er nicht die geringste Chance hatte, sie zu weiteren Verabredungen zu überreden.

Ohne ein weiteres Wort zu verlieren, öffnete er die Tür und ließ sich seitwärts aus dem Wagen fallen. Seine Erfahrung als Leistungssportler hatte ihn gelehrt, wie man am besten hinfiel, ohne sich zu verletzen. Im Nu war er wieder auf den Beinen und stürzte sich in die Wand niedriger Büsche. Äste schnellten gegen ihn, als er durch die jungen Bäume auf eine Lichtung stieß. Dort sah er das fliehende Schaf, das im Wegrennen blökend sich über die widerfahrene Störung beschwerte. Er klatschte in die Hände und schrie dem Tier nach — erleichtert und verärgert zugleich.

»Na ja, du hattest Recht«, bemerkte er, als er wieder ins Auto stieg.»Es war ein altes Schaf, das uns da angestarrt hat.«

»Siehst du, ich hab's dir ja gesagt, daß da jemand ist. Ich wußte, daß ich mir das nicht einbilde.«

»Und ich habe geglaubt, du würdest mir nur das Fell über die Ohren ziehen wollen!!«

Der Scherz freute ihn, auch Ellie schien ziemlich amüsiert. Vielleicht war sie aber auch nur erleichtert, daß es nicht ein Mensch gewesen war, der sie beobachtet hatte. Es war an der Zeit, fand Neil, mit den Niederlagen Schluß zu machen. Er hatte Ellie verloren, aber wenigstens hatte er eine schöne Zeit mit ihr verbracht — manchmal. Seine Gedanken schweiften bereits zu einem anderen Mädchen namens Bettina, die ihn bei einer Party des Fanclubs angesprochen hatte. Ihr zumindest war es völlig egal, ob man sie Bettina, Bet oder Tina nannte, solange man sie freundlich ansprach. Ihm fiel jetzt ein, daß Ellies Getue, nicht mit ihrem vollen Namen, Ellen, angesprochen zu werden, ihn schon immer aufgeregt hatte, trotz der Tatsache, daß auch er es vorzog, Dunc statt Neil genannt zu werden. Ellie hatte den Namen ihrer Großmutter bekommen und ihn nie gemocht. Ihre Begründung für den Wechsel auf Ellie bestand darin, daß die Leute denken könnten, sie sei nicht imstande, das 'H' bei Helen auszusprechen, wenn sie ihren Namen nennen mußte.

»Gut, Ellen«, sagte er mit deutlicher Betonung, »wir können auch gehen. Kein Grund, hier weiter rumzuhängen, wenn alles, was ich kriegen, haben kann, diese Nullnummer ist.«

Es war nicht gerade nett oder diplomatisch, was er da sagte, aber die Wirkung seiner Worte kümmerte ihn nicht mehr. Wenn die Zeit gekommen war, mit etwas Schluß zu machen, tat er das auch; und zwar so schnell und schmerzlos wie möglich.

»Gut«, sagte sie und klang erleichtert. »Das paßt mir.«

Sie knöpfte ihre Bluse zu, während er das Auto startete und, ruhig wie immer, auf den Weg zurückfuhr. Jetzt, da sie mit ihm Schluß gemacht hatte, erwartete sie eigentlich, daß er protestieren und verlangen würde, wenigstens ein letztes Mal mit ihr schlafen zu können. Wäre er gewalttätig geworden — Ellie hatte immer das Gefühl, daß bei Neil sowas drin war — hätte sie nachgegeben. Ihr erschien es sinnlos, ihr Aussehen zu riskieren, bloß um etwas zu verhindern, worin er ziemlich gut war, und woran auch sie normalerweise ihre Freude hatte. Doch bei Neil war es eben unmöglich vorherzusehen, was er wirklich tun oder sagen würde.

»Willst du, daß ich dich bei dir absetze, oder was?« fragte er höflich, während sie in Richtung Stadt zurückfuhren.

In diesem Augenblick verspürte sie den Drang, ihn zu berühren, ihn noch einmal anzufassen, wie er es gern mochte. Aber sie widerstand — mit einiger Mühe. Wenn sie den Eindruck erweckte, daß sie ihm jetzt nachgab, würde sie ihn wohl niemals loswerden. Ellie kannte Neil Duncanson aber nicht halb so gut, wie sie dachte.

»Das wäre prima, danke«, antwortete sie in lockerem Ton.

Als er in die Straße einbog, wo sie wohnte, hielt er genau vor dem Haus ihrer Eltern, anstatt, wie sonst, einige Meter weiter zwischen zwei Straßenlaternen. Ellie öffnete ihren Sicherheitsgurt und fragte sich, ob sie ihm einen Abschiedskuß geben sollte. Sie konnte jetzt nicht einfach aussteigen und weggehen, ohne ihn noch einmal zu berühren — nach drei Monaten Freundschaft.

»Vergiß den Handspiegel nicht«, sagte er, während er sich, noch angeschnallt, in seinen Sitz zurücklehnte.

»Was?« fragte sie äußerst verwirrt. Im Moment wußte sie wirklich nicht, wovon er sprach.

»Das Geschenk«, antwortete er fest und ruhig.

»Oh, aber jetzt ...«

»Nichts jetzt! Wenn ich jemandem ein Geschenk mache, stelle ich daran keine Bedingungen. Das solltest du wissen, Ellie. Ich habe dir etliches in letzter Zeit gegeben. Ich habe nichts dafür gewollt, nichts erwartet. Also — ich will, daß du es mitnimmst, weil ich es nur für dich besorgt habe.«

Sie wußte wirklich nicht, was sie darauf antworten und was sie tun sollte. Sicherlich wäre es richtig, das Geschenk dankend anzunehmen und dann zu gehen. Aber auch das schien ihr wie ein Schlag ins Gesicht, eine Mißachtung seiner Großzügigkeit. Und großzügig war er gewesen ... immer.

»Ich, ich wünschte, du würdest mir sagen, wo du es her hast, Neil«, sagte sie stockend, immer noch auf der Suche nach einem Vorwand, es ablehnen zu können. »Menschenskind, krieg's doch endlich in deinen Kopf, das ist doch sooo egal. Ich hab's für dich gekauft. Das ist alles, was zählt. Und jetzt nimm es ... und ...«

Hastig nahm sie den Spiegel und ihre Tasche, beugte sich zu ihm, um ihm einen flüchtigen Kuß auf die Wange zu geben, und öffnete die Wagentür.

»Danke für alles, Neil. Und ... viel Glück.«

Er wartete, bis sie das Haus betreten hatte, bevor er den Motor startete. Wie immer befiel ihn ein Gefühl des Verlustes — aber nur eines geringen. Sicher — es war fast immer schön gewesen mit Ellie, aber doch nicht gerade sensationell. Wahrscheinlich war ihm das deutlich geworden, nachdem er erkannt hatte, daß sie ihm eben nicht alles gab, was sie hätte geben können. Sie hielt sich zu oft zurück. Sie wollte zu sehr ihren eigenen Kopf durchsetzen. Es schien ihm, als benutzte sie ihn bloß als Brücke zu jemand anderem. Eine richtige, tiefe Beziehung konnte er mit jemandem wie ihr nicht haben. Er brauchte jemanden, der nur ihn wollte; ihn um seinetwillen.

Es war an der Zeit, sich Tina zuzuwenden, sich auf sie einzustellen und ihr zu ermöglichen, sich auf ihn einzustellen. Sie würde anders sein als Ellie. Sie würde mehr Sinn für Vergnügen haben. Sie würde Sachen machen, allein des Vergnügens wegen. Dessen war er sich sicher. Vermutlich wäre sie tief beeindruckt, wenn sie wüßte, woher die wertvollen Geschenke kamen, die er ihr von nun an machen würde. Sicher würde es sie erregen, wenn sie die Herkunft erfuhr, ja regelrecht entflammen. Bettina gehörte zu dieser Art von Mädchen.

Plötzlich merkte er, daß der Gedanke, ihr eins seiner großen Geheimnisse anzuvertrauen, ihn selbst erregte. Ja, er würde es ihr erzählen! Doch erst zum richtigen Zeitpunkt.

Zweites Kapitel

Die Garage, die er für seinen Escort gemietet hatte, befand sich ganz am Ende der Straße, die hinter dem Haus seiner Eltern verlief. Neil lief die paar Schritte ganz gerne. Oft genug hatten seine Eltern ihn fühlen lassen, daß es ihr Haus war und nicht seins. Schon deshalb genoß er das Gefühl des Abstands, der Unabhängigkeit, das ihm eine eigene Garage vermittelte. Manchmal fragten ihn Teamkollegen, die eine eigene Wohnung oder ein eigenes Haus hatten, warum er bloß weiterhin bei seinen Eltern lebte: Gewiß würde doch auch er etwas bevorzugen, wo er tun und lassen könnte, was er wollte?

»Momentan reicht mir das«, pflegte er dann mit hintergründigem Blick zu erwidern. Kaum jemand bohrte nach, um zu ergründen, was dahintersteckte. Jedenfalls war er nicht bereit zuzugeben, daß er sich erst dann eine eigene Wohnung zulegen würde, wenn er sich eine leisten konnte, die besser als die seiner Eltern war. In der Zwischenzeit gab es keinen Grund, Geld für eine möblierte Unterkunft zu verschwenden, so vorteilhaft es auch hätte sein können, alleine zu leben. Wenn alles nach Plan verlief, müßte er, so sein Kalkül, in weniger als drei Jahren bekommen, was er wünschte. Mit etwas Glück könnte er es sogar vor Ablauf von zwei Jahren schaffen.

Während er das Auto abstellte, dachte er nicht mehr an Ellie oder Bettina oder irgendeine andere mögliche Freundin. Er konzentrierte seine Gedanken vielmehr auf Uniteds nächstes Auswärtsspiel bei Manchester City. Soweit er gehört hatte, war Manchester eine ziemlich wohlhabende Gegend, folglich müßte es dort eine Menge zu klauen geben, wenn er es nur sorgfältig genug plante. Den Stadtplan einschließlich der Vororte hatte er bereits studiert; die Gegend um Didsbury schien ihm genau der richtige Ort zu sein. Er mußte grinsen: Sie hatte genau den richtigen Namen für sein Vorhaben.

Automatisch prüfte er die Tür zweimal, nachdem er sie abgeschlossen hatte; dann ging er zweimal um die Garage, um die Fensterrahmen zu prüfen. Warum ein Architekt Fenster in einer Garage haben wollte, konnte er sich beim besten Willen nicht erklären. Einige Architekten hatten seiner Meinung nach keine Ahnung. Sie hatten keinen blassen Schimmer von sicherer Bauweise. Fenster mit schwachen Rahmen machten einen Einbruch zum Kinderspiel, da niemand daran dachte, an einem Garagenfenster Sicherheitsschlösser anzubringen (außer ihm natürlich).

Er war kaum ein paar Meter die ungepflasterte Straße entlang zum Haus seiner Eltern gegangen, als er den Hund hörte: Zunächst eine Art unterdrücktes Bellen, dann ein vertrautes Schnüffeln. Fast im gleichen Augenblick, als die Laute an sein Ohr drangen, wich Neil an den Straßenrand aus und tauchte im Schatten der Bäume und einer anderen Garage unter. Er stand so unbeweglich wie der Baum, der ihn schützte. Der Hund, der die andere Seite der Straße beschnüffelte, würde ihn jetzt nicht entdecken — das stand fest. Hunde waren eine Gefahr, die größte Gefahr, die ihm drohte bei seinen nächtlichen Abenteuern. Diese Interpretation gefiel ihm ungeheuer; niemand, der davon erfuhr, würde wissen, was wirklich dahinter steckte. Alle würden vermuten, es handle sich um etwas Sexuelles. Sein Geheimnis war gesichert, das stand für ihn außer Zweifel.

Der Hundebesitzer verpestete die Luft mit einer besonders übelriechenden Pfeife, sein Interesse daran, was in seiner Umgebung geschah, war minimal. Neil hatte ihn früher schon mal gesehen und wollte nicht, daß der Hund, ein fetter, halbrassiger Terrier, seine Witterung aufnahm. Er wußte zwar, daß das keine Rolle spielte, doch allem denkbaren Ärger aus dem Weg zu gehen, war Teil seiner Selbstdisziplin; daher behielt er auch in vertrauter Umgebung seine Vorsicht bei. Völlig unerwartet schoß der Bastard über die ausgefahrene Straße ins Gebüsch. Neil stand kaum einen Meter entfernt. Was immer den Hund alarmiert hatte — er wußte es nicht, denn er hatte nichts gehört.

Eine Weile stöberte der Hund neugierig zwischen Ästen und heruntergefallenen Blättern herum. Dann, als er diese Spur aufgab, schien er Neil doch bemerkt zu haben. Das Knurren war leise und kam tief aus der Kehle. Neil konnte sich vorstellen, wie das Fell sich sträubte. Noch kam der Hund nicht näher. Vielleicht ahnte er, daß Neil bereit war, jedem Hund — falls nötig — in die Schnauze zu treten. Einen Augenblick lang stand der Hund unbeweglich. Aber als der Besitzer weiterging, war auch sein Hund an keinen weiteren Nachforschungen interessiert.

Neil grinste und fuhr mit den Fingern in einer Weise durch sein borstiges Haar, die seine Teamgefährten stets als Zeichen tiefer Zufriedenheit werteten. Sie beobachteten diese Geste oft, wenn er ein Tor für Ben Beeley vorbereitet hatte. Sicher glaubten sie, er würde das gleiche tun, wenn er mit einem Mädchen, das er gerade erst kennengelernt hatte, geschlafen hätte. Doch ahnten sie nichts von den anderen Gelegenheiten, bei denen er dieser Geste nicht widerstehen konnte.

Die Hintertür des Hauses war offen, was ihn ärgerte. Der Übeltäter war Garry, daran hatte er keinen Zweifel. Doch selbst wenn ihre Eltern diese Fahrlässigkeit entdeckt hätten, würden sie mit Garry nicht mal darüber reden; er konnte sich ungestraft alles erlauben. Außer, so sagte sich Neil, wenn er in der Lage war, das Vergehen zu bestrafen. Nun, da er sich vorsichtig der Innenhoftür auf der Rückseite des Hauses näherte, begann er nachzudenken, was Garry wohl gerade tat. Er wußte, daß sein Bruder allein war. Er war nicht nur zu jung, er war auch zu einfallslos, um ein Mädchen mit ins Haus zu bringen. Neil bezweifelte, ob er überhaupt gewußt hätte, was er mit ihr anfangen solle. Und aus irgendwelchen Gründen traf er sich auch nicht mit Kumpels, um mit ihnen die Abende zu verbringen. Wann immer die Sprache auf Freunde kam, beharrte Garry darauf, er sei zu sehr mit Lernen beschäftigt, um ein geselliges Leben zu führen. Er wollte auf jeden Fall einmal Chef eines Kaufhauses werden.

Garry behauptete, das sei ebensogut, wie General bei der Armee zu sein: man sei verantwortlich für alle Angestellten und müsse alle ihre Pflichten ebenso kennen und beherrschen wie sie selbst. Neil glaubte nicht, daß dies wirklich stimmte, aber seine Eltern teilten Garrys Ansichten. Sie bestärkten ihn, daß er das richtige Ziel verfolge und mit jeder Unterstützung ihrerseits rechnen dürfe. Neil machte sich erst gar nicht die Mühe, seine Eltern daran zu erinnern, daß sie seinen Plänen nie die gleiche Aufmerksamkeit gezollt hatten. Doch dafür war er, anders als sein Bruder Garry, kein Widerling.

Ganz oben an der Schiebetür war ein Lichtspalt. Garry, vielleicht auch ihre Mutter, hatte vergessen, die Vorhänge richtig zuzuziehen. Leise schob Neil den aus groben Stämmen gezimmerten Gartentisch ans Fenster. Wenn er sich daraufstellte, würde er durch den Vorhangspalt blicken können. Garry würde aller Wahrscheinlichkeit nach im Wohnzimmer hocken. Vielleicht würde er sogar etwas interessantes tun, zum Beispiel an sich rumfummeln. Doch sogleich verwarf Neil diesen Gedanken: Brüderchen würde sowas niemals wagen, weil er Angst hätte, das Fernsehen könnte zuschauen. Neil ging davon aus, daß Garry schon in seinem verschlossenen Zimmer sein müßte, um etwas so Normales zu tun.

Seine gummibesohlten Schuhe machten nicht das geringste Geräusch, als er auf den Tisch kletterte und ins Wohnzimmer spähte. Der Spalt war zu eng, um alles erkennen zu können. Aber Garry war deutlich zu sehen. Er sah fern, irgendein Lustspiel, soweit Neil feststellen konnte. Von Zeit zu Zeit lachte er. Neils Aufmerksamkeit wurde plötzlich durch ein Glas gefesselt, aus dem sein Bruder trank: aus dem er in einer Weise trank, die darauf schließen ließ, daß der Geschmack ihm nicht ganz behagte. Neil schloß, daß es Alkohol sei. Garry hatte doch tatsächlich Vaters Bar geplündert. Seine Hausaufgaben, sollte er überhaupt daran gedacht haben, hatte er einfach sausen lassen.

Neil war, als er den Tisch wieder wegrückte, genauso leise und vorsichtig wie zuvor, und er machte nicht das geringste Geräusch, als er mit seinem Schlüssel das Haus betrat. Mit bewußt dramatischem Effekt riß er die Tür zum Wohnzimmer auf.

»So, dem alten Knaben den Saufkram klauen, was? Und ich dachte, du wärst so ein guter-guter-guter-guter Garry!«

»Was ...«, stammelte Garry zitternd, verschreckt durch die ungewöhnliche Störung, daß sein Drink auf den Teppich überschwappte. »Was ist ... Oh, Neil!«

»Na komm schon, was trinkst du?« fragte Neil forsch, seitwärts auf einem gefährlich kippenden Lehnstuhl sitzend.

»Nichts — nichts. Nur, nur — Tonic. Ja, nur Tonic. Und überhaupt, was ist los ...«

Neil glitt mit der ihm eigenen Schnelligkeit heran, um Garry das Glas zu entreißen und daran zu schnuppern.

»Gin, das ist es, nicht wahr? Gin, das echt harte Zeug, der richtige Schundfusel.«

Garry, wie nicht anders zu erwarten, fing an zu toben und stritt ab, etwas Verbotenes zu trinken.

»Gib auf, Garry!« reagierte Neil barsch. »Wenn ich das Zeug nicht anrühre, heißt das noch lange nicht, daß ich den Geruch nicht erkenne. Ich kenne genug Fußballer, die saufen, daher hab' ich reichlich Gelegenheit herauszufinden, was was ist. Wie lange bist du denn schon ein heimlicher Säufer? Komm schon, die Wahrheit.«

»Es ist das allererste Mal, daß ich ...«

»Die Wahrheit, Garry!«

»Ehrlich, ehrlich, ich hab' das Zeug nie vorher angerührt. Ich wollte nur ... ich wollte nur 'ne Kostprobe, um mal zu sehen, wie das ist. Und überhaupt ...«

»Ja und, wie ist es? Nur für den Fall, daß ich dir glaube. Ist es gut?«

Garry zögerte, sichtlich unsicher, welche Antwort wohl die beste sei. Vorsicht rangierte vor Wahrheit.

»Na ja, etwas scharf — brennend, würde ich sagen, aber interessant.«

»Also wirst du Geschmack daran bekommen? Dann wirst du Alkoholiker. Dann geht deine Karriere in die Binsen, wenn's überhaupt dazu kommt. Weil du deine Arbeit nicht hinkriegst. Alles, was du haben willst, wird die Flasche sein.«

»Quatsch!« Für Garry war der Punkt gekommen, energisch zurückzuschlagen. »Absoluter Quatsch. Ich hab' alles unter Kontrolle, was ich tue. Nichts kann meine Karriere verhindern. Nicht wie ...«

»Warum hast du dann nicht gelernt?« griff Neil ihn an. »Warum hast du nicht deine Bücher studiert, statt diesen Mist im Fernsehen zu glotzen? Das ganze Haus, all den Platz hast du für dich allein, um dich so angenehm wie möglich zu konzentrieren. Etwas, das ich in deinem Alter noch nicht, ja überhaupt nie bekommen habe. Und was tust du? Du säufst und vergeudest deine Zeit, indem du auf bescheuerte Flimmerbilder starrst. Wie willst du darauf eine Karriere aufbauen, Trottel?«

»Ich hab' alles erledigt, was heute abend zu tun war. Ich hab' ein Recht auf Pause, wenn ich eine brauche. Ich hab' harte, wirklich harte Arbeit hinter mir.«

»Das sieht man!«

Es war der beißende Spott, der Garry rasend machte. Er war die offenen Angriffe seines Bruders gewohnt, aber Unterstellungen fand er immer grob verletzend.

»Du bist nicht mein Aufpasser, Neil. Ich muß nicht das tun, was du sagst oder tust. Wollte ich das, dann würde ich bei irgendeiner Tussy rumhängen.«

»Du würdest gar nicht wissen, wie! Du bist nicht reif genug, nicht im geringsten. Du wüßtest gar nicht, wie anzufangen. Selbst wenn irgendein Mädchen so verdreht wäre, dich anziehend zu finden. Nein, Baby, du gehörst zu der Sorte, die mehr aus 'ner Flasche rauskriegen als aus 'nem Mädchen.«

»Wenn's so ist, kann ich auch meinen Drink leeren«, erwiderte Garry überraschend herausfordernd. Er hob sein Glas und trank aus.

»Du weißt nicht mal, wovon ich rede, oder?« sagte Neil mehr zu sich selbst. Er rutschte von der Lehne des Stuhls und nahm Garry ziemlich sanft das Glas aus der Hand. »Gut, das war genug für dich. Und wenn ich dich noch einmal beim Trinken erwische, werde ich dafür sorgen, daß du es wieder auskotzt. Das ist ein Versprechen.«

»Du läßt niemand ungestraft davonkommen, was?«

»Nicht, wenn ich die Möglichkeiten habe.«

Garry schluckte schwer: »Du wirst mich bei Mamma und Papa verpfeifen, nicht wahr?« sagte er, wobei er einen Hauch von Widerstand aufrechtzuerhalten suchte.

Neil unterbrach seinen Gang in die Küche, wo er das Glas in die Spüle stellen wollte.

»Das solltest du besser wissen. Du weißt, daß ich den alten Herrschaften niemals was sage. Sie erzählen mir nichts von ihren Geheimnissen, warum sollte ich ihnen deine verraten? Ich nehme an, sie werden es früh genug merken, wenn sie sich über den niedrigen Ginpegel wundern.«

Garry langte zum Fernseher rüber, um ein anderes Programm einzustellen. Er fühlte, daß Neil alles, was er sagen wollte, gesagt hatte. Doch wollte er seinem Bruder nicht das Gefühl lassen, er würde jede Runde gewinnen.

»Ich glaube nicht, daß sie die Ginflasche interessiert«, sagte er in bewußt beiläufigem Ton. »Sie haben eine neue Leidenschaft, sagt Mamma. Sie wollen richtig fit werden, jedes überflüssige Gramm Fett verlieren. Deshalb sind sie heute abend zum Bowlingspielen gegangen. Mamma meint, das Bücken und Hochheben sei gut für die Figur. Sie sagt, Papa sei der gleichen Meinung. Also saufen beide nichts mehr, okay?«

Neil zögerte. Diskussionen über die Eltern, gleich mit wem, interessierten ihn nicht. Was ihn betraf, so waren seine Eltern nicht weiter erwähnenswert. Er hatte sie aus seinem Leben gestrichen, so wie sie ihn damals wohl abgeschrieben hatten, als er größer wurde. Aber ihre neue Leidenschaft, wenn Garrys Geschichte stimmte, gehörte sicherlich zu dem, worüber er Bescheid wissen sollte; es würde sein Leben nicht verändern, aber ganz sicher konnte man nie sein. Nützliches Wissen war pures Geld; zu gegebener Zeit würde er daraus Nutzen ziehen; oder sich eine Freude machen. Bis dahin speicherte er es.

»Gehen sie auf die Bowling-Bahn, um ein bißchen zu üben, oder spielen sie in einer Mannschaft?« fragte er.

»Weiß nicht«, sagte Garry, beide Augen fest auf die Mattscheibe gerichtet. »Glaub' nicht, daß sie es selbst genau wissen. Heute abend soll ein bißchen Nostalgie dabeisein, gemischt mit Fitneß-Test. Ich denke, sie werden's schon schaffen. Sie werden das Gefühl haben, daß sie noch jung sind.«

Die Schnoddrigkeit dieses Kommentars überraschte Neil. Vielleicht besaß Garry doch etwas von dem Grips, den ihm die Eltern immer zutrauten. Natürlich war es auch möglich, daß Garry bloß eine witzige Bemerkung nachplapperte, die einer der Alten gemacht hatte, ehe sie zur Bowlingbahn losgezogen waren.

Neil ging in sein Zimmer und ließ sich aufs Bett fallen. Die Hände unterm Kopf betrachtete er sein Lieblingsposter, das mit dem Mädchen auf dem Tennisplatz, das einen sehr kurzen Dress ohne Hose trug und sich den Hintern kratzte. Wann immer ihm danach war, erregte es ihn. Jeder glaubte, es wäre ihr Hintern, der ihn erregte, aber es waren auch die Beine, die ihn anmachten. Er hatte eine Vorliebe für die weibliche Kniekehle und es überraschte ihn, daß nicht mehr Männer zu schätzen wußten, was für eine erotische Zone dies war. Seine Mutter hatte einmal gedroht, das Poster zu zerreißen und jeden Fetzen einzeln in den Mülleimer zu befördern. Neil hatte ihr eiskalt entgegnet, er werde, wenn sie es nur einen Zentimeter von der Wand entferne, das Haus für immer verlassen. Er zweifelte nicht, daß sie ihm glaubte. Er wußte, daß er die Wahrheit sagte, weil er, wenn es ihm paßte, ohnehin eines Tages gehen würde. Höchstwahrscheinlich würde er es nicht einmal andeuten, geschweige denn sie im voraus unterrichten. Eines Tages würde er ganz einfach nicht mehr da sein.

Sie wußten nichts von seinem Verhältnis mit Ellie. Sie hatten ihn zwar nach seiner neuesten Freundin gefragt, doch, wie üblich, erzählte er so wenig wie möglich. Und Ellie war seinen Anweisungen gefolgt, und hatte nicht bei ihm zuhause angerufen. Seine Mutter war durchaus in der Lage, vom Nebenanschluß mitzuhören. Solange er Kind war, hatte sie nie das geringste Vertrauen in ihn gesetzt. Niemals zum Beispiel ließen sie ihn allein im Haus; jetzt hatte auch er kein Vertrauen zu ihnen. Wenn sie vom Ende der Affäre mit Ellie erführen, würden sie wahrscheinlich nur lächeln. Sie würden sagen — es war eine ihrer beliebtesten Phrasen — 'Teenager wissen nie, was sie wollen — und wenn sie es wissen, ist es zu spät'. So ein Quatsch! Neil hatte nie Zweifel daran, was er wollte, fast alles, war er tat, geschah in fester Absicht.

Einige Minuten ließ Neil die Zeit mit Ellie Revue passieren. Er erinnerte sich, welche Geschenke er ihr gemacht und wie sie miteinander geschlafen hatten. Immer schien sie Spaß daran gehabt zu haben — normalerweise genausoviel wie er — und wenn sie mal nicht wollte, hatte es immer gute Gründe gegeben. Zumindest schien es sie gegeben zu haben. Sie benutzte keine fadenscheinigen Entschuldigungen wie gräßliche Kopfschmerzen oder die beginnende Periode. Einmal, als sie nach einer wirklich guten Nummer über Sex diskutiert hatten, hatte sie gesagt, daß Mädchen Sex genauso mögen wie Jungen. Weshalb zweifelten soviele Jungen daran? Neil wußte darauf keine Antwort. Er hatte nur gemurmelt, daß die meisten Männer das glaubten. »Das ist so, weil die meisten Männer im Bett nicht gut sind«, hatte sie sehr nüchtern gesagt. »Daher erklären Männer ihr Versagen, indem sie behaupten, Frauen seien nicht an Sex interessiert. Aber du bist normalerweise gut, Neil, daher sollte deine Partnerin auch Spaß daran haben.« Er hatte diesen Kommentar nie vergessen. Er bedeutete ihm soviel, daß er ihn, nachdem er in jener Nacht nach Hause gekommen war, aufgeschrieben hatte. Wort für Wort. Allerdings hatte er in seinem Tagebuch eine Geheimschrift benutzt, die niemand je entschlüsseln würde. Und sein Tagebuch verwahrte er in einer verschlossenen Geldkassette in einer Reisetasche. Diese Tasche war ebenfalls mit einem Verschluß höchster Qualität versehen.

Er begann Ellie zu vermissen. Er hatte geglaubt, sie würde lange Zeit seine Freundin sein, trotz ihres merkwürdigen Benehmens und Beharrens auf den Täuschungsmanövern in der Öffentlichkeit. Eigentlich hatte er nie wirklich dagegen opponiert, denn es kam seiner Stimmung und seinen Auffassungen entgegen. Mädchen waren eben anders, er akzeptierte das. Doch nun erkannte er, daß er hätte ahnen müssen, daß sie jemand anderen traf: und zweifellos auch mit ihm schlief. Sie hatte nie eine ausschließliche Beziehung versprochen, so wie auch er niemals nur einem Mädchen gehören würde. Ihre Art von Humor gefiel ihm, obwohl es auch Momente gab, wo sie ihn vor den Kopf gestoßen hatte; aber sie war nie albern, nie klang sie hohl.

Er würde niemals mit einem doofen Mädchen gehen, wie gut sie auch im Bett wäre. Solche Mädchen schmeicheln einem Jungen, den sie einfangen wollen. Seine Intelligenz oder sein Können schätzen sie nicht wirklich. Sie können nur an oberflächliche Dinge denken und daran, wie sie zu ihrem eigenen Vorteil kommen. Aus egoistischen, hohlen Gründen schmeißen sie sich an Kerle wie Fußball-Profis und Pop-Sänger, um in deren Glanz sich möglichst effektvoll in Szene zu setzen. Nun, das würde er niemals zulassen. Wie berühmt er als Fußballer mal werden würde — von diesen 'Kletten-Büchsen', wie einer seiner Team-Gefährten sie nannte, würde er sich freihalten.

Dieser Gedanke brachte ihn auf Bettina. Er fühlte die Möglichkeit — hoffentlich bloß eine vage Vermutung — sie könnte dieser Kategorie angehören. Sicher, er hatte sie bei einer Fanclub-Veranstaltung getroffen, an der einige Spieler teilnahmen. Aber er hatte den Eindruck, daß sie nicht wegen jemand Bestimmten da rumhing. Sie sprach mit ihm, weil sie am Eingang zufällig einander gegenüberstanden, als er gerade woanders hingehen wollte. Sie war entweder allein oder mit einem anderen Mädchen da. Sie hatte nur gegrinst und gesagt, es täte ihr leid, daß er schon gehe, weil sie ihm sagen wolle, wie sehr ihr das Spiel gegen die Rangers gefallen habe. Er war in Höchstform gewesen, und einige Zeitungen feierten ihn als 'Mann des Spiels'. Eine hatte sogar geschrieben, daß 'Neil Duncanson in dieser Form eine internationale Zukunft' habe.

Er konnte sich nicht erinnern, warum er sie nach ihrem Namen gefragt hatte. Jedenfalls hatte er nicht die Absicht gehabt, sich mit ihr zu treffen. Ellie stand noch im Vordergrund seiner Gedanken.

»Bettina, manchmal Bet, manchmal Tina«, hatte sie mit breitem Lächeln geantwortet. »Bettina Ambler, um ganz korrekt zu sein.«

Sie hatte aber nicht den Eindruck erweckt, als spielten Förmlichkeiten eine große Rolle in ihrem Leben. Er hatte nur einige Tage gebraucht, um den Entschluß zu fassen, daß er irgendwann einmal Kontakt zu ihr aufnehmen wolle, um mehr von ihr zu erfahren. Sie arbeitete in einer Druckerei und lebte bei ihren Eltern. Es war bedauerlich, daß sie keine eigene Wohnung hatte. Aber das mußte andererseits bedeuten, daß sie keine ernsthafte Beziehung zu einem Mann hatte. Als er versuchte, sich ihr Gesicht vorzustellen, konnte er sich tatsächlich nur an ihr Lächeln erinnern — ihr Lächeln und die rötlichen Locken ihres Haars, das sie kürzer trug als Ellie. Er kannte nicht einmal ihre Augenfarbe. Doch das würde er bald herausfinden — und eine ganze Menge mehr. Der Gedanke an solche Entdeckungen erregte ihn. Augenblicklich überkam ihn die Idee, sie anzurufen. Es war noch nicht sehr spät, und wenn sie zuhause war, würde sie sicher fernsehen oder ihre Haare waschen — was Mädchen fortwährend taten.

Bevor er ins Schlafzimmer seiner Eltern ging, überlegte er sorgfältig, welche Verabredungen er mit ihr treffen könnte. Sonntag war eine Möglichkeit. Aber es war noch unklar, wie seine Freitag-Nacht-Expedition ausgehen oder wie er sich nach dem Samstag-Spiel fühlen würde. Wenn etwas schief laufen würde, dann konnten die Sonntage höllisch sein. Meistens war er sonntags gerne allein, aber diese Woche könnte eine Ausnahme sein. Wahrscheinlich würde er Montagabend vorschlagen. Die meisten Leute hatten montags nichts Bestimmtes vor. Also war es ein guter Zeitpunkt, um eine Beziehung anzufangen. Er stellte sich vor, daß es nicht lange dauerte, bis er und Bettina miteinander schlafen würden. Möglicherweise schon beim ersten Treffen. Plötzlich fühlte er sich mächtig gut, beinahe so gut, wie in einer erfolgreichen Freitagnacht, wenn alle Gefahr vorüber war.

Er saß auf dem Bett seiner Eltern, auf Mutters Seite, und wählte Bettinas Nummer (die Druckstellen, die er auf der Tagesdecke hinterließ, würde er glätten, bevor er den Raum verließ — es war ihm zur Natur geworden, jede Spur seiner unbefugten Besuche zu verwischen). Er rechnete damit, daß ihre Mutter an den Apparat käme. Er hoffte, daß es nicht ihr Vater wäre. Väter konnten Ärger machen, oder sogar noch schlimmeren Zirkus, wenn zukünftige Liebhaber anriefen.

Bis abgenommen wurde, hatte es so lange geklingelt, daß er den Hörer schon wieder auflegen wollte. Die Stimme, vibrierend und weit weg, klang nicht wie die von Bettina. Sie nannte die Nummer und fügte ohne Pause hinzu, daß Mamma und Papa ausgegangen seien und vor einer Stunde nicht zurückkämen.

»Hey, du bist es, mit der ich sprechen will«, sagte er, noch bevor sie das Gespräch beenden konnte. »Du bist doch Bettina, oder?«

»Em, ja«, antwortete sie und klang verunsichert.

»Na gut, hier ist Dunc — du weißt, Neil Duncanson, United.«

»Oh, oh, nein, was für 'ne Überraschung! Ich . . . ich . . . ich . . .«

Die Worte wurden leiser, und Neil übernahm wieder das Wort.

»Ich habe mich gefragt, ob du am Montagabend irgendwas vorhast? Dachte, wir könnten vielleicht essen gehen oder sonst irgendwohin — ins Kino oder 'ne Disco, wenn du willst. Könnte ein schöner Abend werden.«

Es folgte eine Pause, und dann sagte sie, ein wenig zutraulicher: »Ja gut, ich habe nichts vor, also wäre es . . . oh, pst! Hör doch auf!«

Neil bemerkte, daß sie mit jemand anderem sprach. Da war ein Geräusch wie unterdrücktes Kichern, und er wollte unbedingt wissen, wer das war. Es erschien ihm total unfair, daß sie mit jemand zusammen war, während er versuchte, sich mit ihr zu verabreden.

Während er wartete, bis sie das Gespräch wieder aufnahm, konzentrierte er sich auf den Elektrorasierer seines Vaters, der auf dem Frisiertisch lag. Er selbst rasierte sich immer naß.

»Entschuldige, Neil — Dunc, meine ich«, sagte sie, und man hörte deutlich ihre Verlegenheit heraus. »Hm, ja, ich sagte, daß wäre prima, danke. Montagabend, meine ich. Hm, sag' mal, könnte ich dich zurückrufen — Sonntagabend vielleicht? Damit wir ausmachen können, wo wir uns treffen und so weiter?«

»Nein, nein. Ich weiß nicht genau, wann ich Sonntag zu Hause sein werde — muß mich vielleicht sogar beim Klub melden, wenn in Manchester was schiefgelaufen ist.« Seine Pause war kurz. »Ich werde dich anrufen, okay? Das heißt, wenn ich dich nicht störe.«

Ihre Stimme wurde jetzt hastig. »Nein, das ist prima, Dunc, ganz prima. Du wirst bei gar nichts stören. Ich freue mich — ich freue mich wirklich.«

»Gut. Bis dann, Tina.«

Er legte den Hörer auf und starrte ihn eine Weile an, als hätte er ein Eigenleben. Als er den Raum verließ, nachdem er sorgfältig über die Decke gestrichen hatte, fragte er sich, wie Bettina Ambler wohl im Bett sei. Mit ihm.

Drittes Kapitel

Tony Goodare managte Fleetville United seit vier Jahren und dachte, er wisse das meiste von dem, was man über junge Fußballer wissen konnte, ihr Verhalten, ihre Mängel, Fähigkeiten und Neigungen. Nach fast vierzig Jahren im Geschäft gab es nicht viel, was ihn noch überraschen konnte. Dennoch, und dies konnte er nur sich selbst eingestehen, war er sich über Neil Duncanson und dessen Motive noch nicht recht im klaren. Der neuste Wunsch des Jungen hatte ihn stutzig gemacht. Er begriff einfach nicht, was dahintersteckte, denn irgendwie konnte er nicht glauben, daß Duncanson die Wahrheit sagte — oder zumindest nicht die ganze Wahrheit.

»Was denkst du, Curly?« fragte er den Coach.

Curly blickte schuldbewußt, so als ob er überhört hätte, was der Boß zuvor schon gesagt hatte.

»Ich weiß nicht recht, Boß«, antwortete er vorsichtig. Es gehörte nicht zu seiner Taktik, in wichtigen Dingen anderer Meinung zu sein als der Manager (fast alle bei United würden sagen, daß dies auch für kleinste Kleinigkeiten galt).

»Na, dann denk mal darüber nach«, empfahl der Boß mit Nachdruck und fügte bekräftigend hinzu: »Denk darüber nach, warum der junge Duncanson darauf besteht, in Manchester sein eigenes Zimmer zu bekommen. Ich weiß, daß er schon immer ein bißchen ein Einzelgänger war — na ja, mehr als ein bißchen, wenn ich drüber nachdenke — aber das ist selbst für ihn ungewöhnlich. Meinst du, daß das einen tieferen Grund hat?«

»Was könnte das sein, Boß?« fragte Curly, und sah fast so unschuldig aus, wie er klang. Curly Atterthwaite hätte die Bedeutung von 'tiefer' nicht erklären wollen, nicht für alles Geld der Welt.

Uniteds Manager gab sich über Curlys Wissensstand keinerlei Illusionen hin — er hatte ihn weder seines Scharfsinns noch seiner Intelligenz wegen eingestellt. Curly war ein guter Coach, ein Mann, der das Beste aus den Spielern herausholte, ein Bursche, auf den man sich verlassen konnte, ein anständiger Kerl, der seinen Boß niemals, weder für Geld noch sonst was, im Stich lassen würde. Er würde Tony Goodare und seine Handlungsweise bis zum letzten verteidigen. Curlys sehnlichste Hoffnung war, Mr. Goodare bliebe bis ans Ende seines Arbeitslebens Manager von Fleetville United; sollte der Boß aber aus irgendwelchen Gründen weggehen, dann würde Curly zum Himmel flehen, daß man ihn aufforderte mitzukommen.

»Ich weiß es einfach nicht, aber ich nehme an, es könnte was Sexuelles sein«, sinnierte der Boß über Duncs sonderbare Wünsche. »Glaubst du nicht, daß einige Jungs sich mit ein paar Späßen an Neil rangemacht haben? Weißt du, nur sich rangemacht und dann zu weit gegangen sind?«

Curly schüttelte seinen lockenlosen Kopf. Diese Vermutung, diese Möglichkeit schockierte ihn nicht, denn in seinem Leben hatte er Fußballer in entsprechender Laune alle Arten von verrückten Streichen treiben sehen. Viele waren geradezu manisch besessen, den Team-Kameraden allerhand geschmacklose Streiche zu spielen, besonders

Neulingen in der Gruppe. Homosexuelle Aktivitäten hatte es aber in den Klubs fast nie gegeben, davon hätte er gehört, und ganz sicher gab es sowas nicht da, wo er mal gearbeitet hatte, weder in seiner Zeit als Spieler noch jetzt als Coach.

»Ich denke, Duncanson kann sich selbst wehren, wenn es sein muß«, gab er zurück. »Wenn irgendeiner der Jungs was vorhätte, würde Duncanson sehr schnell mit ihm fertig werden. Sie wissen, Boß, es sind immer die Ruhigen, die damit wirklich fertig werden, wirklich jemanden erledigen, wenn es nötig ist. Wenn sie gereizt sind, nun, dann können sie wie eine Bombe explodieren. Killer in jeder Beziehung. Duncanson wäre so einer, denke ich, wenn ihn wirklich jemand in Rage bringt.«

Tony Goodare ging auf diese Ansicht nicht ein. Er stimmte dem zu, sah aber keine Notwendigkeit, das auch zu betonen. In Gedanken verfolgte er eine andere Spur.

»Aber nimm mal an«, sagte er gelassen, »Duncanson hätte vor, so was zu tun — eine sexuelle Beziehung mit einem anderen Spieler einzugehen — hätte seine Gefühle aber verbergen wollen. Ben Beeley zum Beispiel. Sie sind die beiden jüngsten Burschen im Team. Ben ist auch ein Sonderling, das weißt du. Wenn ich darüber nachdenke, fällt mir ein: die beiden haben doch bei einigen Auswärtsspielen das Zimmer geteilt. Könnte es das nicht sein, Curly?«

»Bezweifel ich, Boß. Ben ist immer noch ein bißchen das Unschuldslamm, wenn Sie mich fragen. Bezweifle, daß er zu so was neigt. Und Duncanson ist zweifellos was für Mädchen, was ich so höre. Bob Counsel wird das bestätigen.«

Goodare dachte einen Moment über die Dinge nach. Er und Curly saßen in der Chef-Loge auf der Tribüne des United-Stadions. Keiner von ihnen hätte eingestanden, daß er im geheimen das Gefühl der Überlegenheit genoß, das diese Plätze ihnen gab, aber sie hätten eingeräumt, wie sehr sie die Abgeschiedenheit eines solchen Ortes an einem Donnerstagnachmittag mochten. Der Manager starrte ohne zu blinzeln auf einen entfernten Fabrikschornstein, einen Schornstein, der heute nicht mehr qualmte, und es niemals mehr tat. Er hätte viel darum gegeben, sich eine Zigarette anzustecken, stand aber eisern zu seiner Entscheidung, das Rauchen für immer aufzugeben. Der frühe Tod eines Manager-Kollegen, eines großartigen Managers zudem, der so stark geraucht hatte wie einst dieser Fabrik-Schornstein, hatte ihn tief berührt. So lutschte er jetzt an einem Bonbon, was ihm half, auch wenn es abscheulich schmeckte.

»Einige der Jungs heutzutage — ich meine natürlich nicht unsere Jungs — sollen beiden Geschlechtern angeblich gleichermaßen zugetan sein, wenn du verstehst, was ich meine«, bemerkte er. »Es könnte sein«, fuhr er fort, »daß Duncanson einer von denen ist. Schließlich gibt er selten was von seinem Privatleben preis, oder?«

Curly verwarf diese Idee. »Boß, ich bin sicher, daß all diese perversen Geschichten einfach übertrieben sind. Sie kennen doch die Presse, die Medien. Heute ist es einfach 'ne Masche — gibt 'ne tolle Story.«

Der Manager nickte, wenngleich etwas widerwillig.

»Na ja , wir werden einfach sehen müssen, wie es funktioniert, Curly. Ich werde den Jungen in Manchester im Auge behalten, mal sehen, ob ich einen Anhaltspunkt dafür finden kann, was ihn plagt. Etwas muß ja dran sein, wenn er behauptet, daß er nicht schlafen kann. Trotzdem will er keine Schlaftabletten, rührt keine an. Und die Nerven können's nicht sein, so wie der spielt.«

»Zuviel Anspannung, das wird's sein, Boß«, sagte Curly und klang überzeugend. »Das machen die meisten Youngsters durch, ohne es zu merken. Aber Dunc ist schon ein komischer Kauz. Sie werden sehen, er wird mit dem Gegner an der Maine Road einen Tanz aufführen, ob er nun schläft oder nicht. City wird wissen, was Fußball ist, wenn wir sie abgefertigt haben.«

Goodare nickte erneut, diesmal zustimmender.

»Solange wir in der letzten Viertelstunde nicht schwach werden — das macht mir Sorgen«, sagte er und blickte Uniteds Coach durchdringend an. »Ich meine, gegen Palace haben wir es einfach verschludert, statt uns mit den Punkten aus dem Staub zu machen.«

'Aus dem Staub machen' war einer von Tony Goodares Lieblingsausdrücken. Das war, glaubte er wohl, ebenso geistreich wie modern. Er war überzeugt, beides zu sein.

Curly nickte.

»Sie haben recht, Boß. Ich habe Jason Oliver dafür, daß er denen das Ausgleichstor geschenkt hat, ein Ding verpaßt. Kriminell war das. Ein Verbrechen. Ein zehnjähriges Schulkind hätte nicht so 'nen Schwachsinn fabriziert. Den Ball nicht anschauen und ihn dann ihrem Torjäger vor die Füße legen, als ob er sagen wollte: Da bitte, Freund, jetzt bist du dran ...«

Curly schüttelte seinen kahlen Kopf, als er sich an den schrecklichen Vorfall erinnerte. Dieses Spiel hatte nun einen Platz in seiner Videoserie der 'Alpträume', die er von Zeit zu Zeit und als festen Bestandteil seiner Arbeit wieder hervorkramte. Wenn er den Spielern die höllischen Konsequenzen ihrer katastrophalen Fehler vor Augen führte, bestand Hoffnung, daß sie sie nicht vergessen und daraus lernen würden. Curlys Vertrauen in die Wirkung verfilmter Szenen hatte tiefe Wurzeln.

»Also, gegen City werden wir mit so 'nem Schnitzer nicht ungestraft davonkommen«, hob Goodare überflüssigerweise hervor. »So wie die spielen, werden sie wohl aufsteigen, kein Zweifel. Aber wir müßten bestraft werden, wenn wir irgendwas verschenken sollten. Ich werde nochmal mit Oliver reden — und du kannst das unterstützen, Curly: Wenn er noch mal mitten im Spiel anfängt zu träumen, kommt er wieder für eine Weile auf die Reservebank. Du sagst ihm das morgen früh.«

»Sie können sich auf mich verlassen, Boß«, antwortete Atterthwaite mindestens zum tausendsten Mal, seit er bei Fleetville arbeitete.

»Und noch was«, fuhr der Manager fort, »ich möchte, daß du Beeleys Arbeitspensum außerhalb des Strafraums überprüfst. Ich bin nicht zufrieden damit.«

»Aber Boß, Sie haben neulich gesagt, daß es Ihnen egal ist, was Ben außerhalb des Strafraums macht, solange er den Ball ins Netz bringt.«

Goodare runzelte die Stirn. »Vielleicht habe ich das. Aber ich habe nochmal darüber nachgedacht. Die Tatsache, daß Beeley drum herum sowenig tut, setzt den Rest des Angriffs und unser Mittelfeld mehr unter Druck. Wenn er seinen Teil der Arbeit nicht erledigt, müssen es andere tun. Da gibt's nichts mehr zu diskutieren, Curly.«

»Natürlich, Boß«, war die pflichtgetreue Antwort.

»Also mach ihm ein bißchen Feuer unterm Hintern, veranlaß ihn, regelmäßig mit Jimmy Wager außerhalb des Strafraums zu rackern. Irgend sowas.«

Nachdem er diese Anweisung gegeben hatte, sank der Manager in seinen Sitz zurück, griff nach dem Feuerzeug in seiner Tasche, ließ die Flamme ein paarmal auflodern, verengte die Augen, als ihm bewußt wurde, daß er die wohlverdiente Zigarette nicht rauchen konnte, und stieß das Feuerzeug fast durch das Futter in die Tasche zurück.

»Fangen Sie wieder an, Boß«, schlug Curly in freundlichem Ton vor. Er hatte es nie gemocht, Freunde leiden zu sehen. »Sie brauchen ein wenig Entspannung. Sie arbeiten zu hart.«

»Curly, du kennst mich«, antwortete Goodare und schaute mißbilligend. »Wenn ich mich zu was entschlossen hab', dann bleibe ich dabei. Viel zu einfach, aufgeben, zu sagen, ist doch egal. Eiserne Standhaftigkeit ist hier gefragt. Das ist es, was ich einigen Jungs immer versuche klarzumachen. Aber, natürlich, es gibt immer welche, die sich nicht im geringsten darum scheren.«

Der Coach stieß einen tiefen Seufzer aus. Er hatte nie viel Erfolg gehabt, Tony Goodare auch nur teilweise zu einer Änderung seiner Meinung zu bewegen, selbst nicht in Sachen Mannschafts-Aufstellung. Doch hinderte ihn das nicht daran, es weiter zu versuchen.

»Was werden Sie sagen, wenn Citys Manager Ihnen eine seiner dicken Zigarren anbietet? Sie wissen ja, wie der alte Colin seine Freunde am Spieltag zu behandeln pflegt.«

»Ich werde ihm sagen, daß er sie behalten soll — nein, ich glaube nicht, daß ich das tun werde«, sagte Goodare halb zu sich. »Ich kann nicht unhöflich zu Colin Coleman sein, nicht, wenn er die gönnerhaft-fröhliche Gastgeberrolle spielt, die er so liebt. Ich werde ihm einfach die Wahrheit sagen: Ich brauche keine künstliche Hilfe, um meinen Blutdruck niedrig zu halten.«

Curly vermutete, daß diese Formulierung von Tonys Frau kam — und lag damit goldrichtig. Tony, logisch, gab sie natürlich für seine eigene aus.

»Weißt du, ich glaube, der gute Colin ist ein bißchen scharf darauf, einen meiner Spieler abzuwerben«, fuhr der Manager fort und warf einen flüchtigen Blick zu Curly rüber, um zu sehen, welche Reaktion er hervorrief.

»Tja, könnte schon sein, daß er eine Chance sucht, um Gespräche mit den Jungs zu führen, während sie in Manchester sind. Colin gehört nicht zu denen, die sich immer an die Spielregeln halten, wie du weißt.«

»Hinter wem ist er denn her, Boß?«

»Ben Beeley natürlich. Hinter wem sonst?«

»Oh!« Es war offensichtlich, daß der Coach diesen Namen nicht erwartet hatte.

»Was dachtest du denn?« fragte Goodare überrascht.

Curly biß sich auf die Oberlippe. Er wollte nicht zuviel von seinen Überlegungen preisgeben. Aber er hatte keine Wahl.

»Ich dachte, Sie hätten Dunc gemeint — Duncanson. Es könnte sein, daß Neil schon klammheimlich angehauen worden ist, wissen Sie. Vielleicht will er deshalb ein eigenes Zimmer, damit niemand sieht, was er im Schilde führt.«

Goodare genoß das Privileg, sich Zeit nehmen zu können, bevor er was sagte. Einen Moment lang sprach er nicht, machte nicht einmal den Eindruck, als ob er Curlys Erklärung überhaupt kommentieren werde. Curly war beunruhigt. Er hoffte inständig, nichts Falsches gesagt zu haben. Es machte ihm immer zu schaffen, der Manager könnte ihn falsch beurteilen.

»Das ist ein interessanter Gedanke. Duncanson könnte Colins Zielscheibe sein«, stimmte der schließlich zu und sah seinen Coach anerkennend an. »Könnte 'ne Menge erklären, wenn Colins Agenten zu dem Jungen durchgedrungen sind.«

Er hielt inne und fragte dann unvermittelt: »Hast du eigentlich jemals Duncansons Eltern gesehen, Curly?«

Der Coach war völlig perplex. Er verstand nicht, worauf Tony Goodare hinauswollte. Die Frage verunsicherte ihn.

»Nein, Boß, natürlich nicht. Warum fragen Sie?«

Goodare blickte verärgert. »Ich meine, ob sie Kontakt mit dir aufgenommen haben? Ob sie was wissen wollten über Duncs Chancen bei United, sowas in der Richtung?«

Curly schüttelte ganz entschieden den Kopf.

»Ganz bestimmt nicht! Warum in aller Welt sollten sie das wollen. Ich habe keinerlei Probleme mit dem Jungen gehabt. Er trainiert hart, spielt gut, regt sich über nichts auf. Weshalb also sollten seine Eltern mich ausfragen wollen?«

Der Manager schien zu zögern und zuckte dann unwillig mit den Schultern. »Weiß nicht so genau, Curly. Komische Leute — Eltern. Können völlig grundlos auf komische Gedanken kommen. Na gut, auf geht's, laß uns wieder an die Arbeit gehen.«

Er sah keinerlei Veranlassung, Curly zu erzählen, daß er es gewesen war, an den Neils Eltern herangetreten waren, die ihn gebeten hatten, auf den Jungen mehr oder weniger so aufzupassen, als wäre er sein eigener Sohn. Sie hatten ihm angedeutet, daß es ihnen schwerfiel, Neil als *ihr* Kind zu sehen. Es war so schwer, ihn zu erreichen, zu ihm durchzudringen. Sie hofften, Tony Goodare könnte erfolgreicher sein, als sie es gewesen waren. Goodare hatte erklärt, er würde den Jungen wie ein Mitglied seiner eigenen Familie behandeln. Er würde immer die Interessen des Jungen in seinem Herzen tragen. So etwas sagte er bei jeder Neuverpflichtung eines Nachwuchsspielers, und die meisten Leute verstanden es als eine folgenlose Phrase, was es auch war. Mr. und Mrs Duncanson aber schienen für dieses Versprechen enorm dankbar zu sein, dankbar und erleichtert. Tony Goodare hatte daran nicht die geringsten Zweifel. Er merkte, sie waren dankbar, den Jungen losgeworden zu sein. Aber trotzdem lebte Neil, wie der Manager sehr wohl wußte, immer noch zuhause; er schlief mit seinen Eltern unter einem Dach, sah sie also fast jeden Tag, hatte fast jeden Tag mit ihnen zu tun. Ungewöhnlich. Das war der richtige Ausdruck: ungewöhnlich, die ganze Sache mit Neil Duncanson, seiner Familie und seiner Art. Wirklich, da mußte mal genauer nachgeschaut werden. Tony Goodare nahm es sich regelmäßig vor.

Aber er kam nicht dazu. Er hatte soviele andere Dinge am Hals, wie er jeder Versammlung erzählte, zu der er sprach. Zum einen hatte er sich um zwanzig Fußball-Profis zu kümmern, sie wie Mitglieder seiner eigenen Familie zu behandeln. Jeder war Indivudalist, jeder hatte spezielle Wünsche und Probleme. Wie konnte er ins Herz jedes einzelnen sehen: alles sehen und alles verstehen? Unmöglich.

Trotzdem, er mußte es schaffen — wenn er eine erfolgreiche Mannschaft hervorbringen wollte, die Direktoren und Anhänger zufriedenstellte. Die Mühe mußte er sich machen. Sobald er Zeit hatte, wollte er sich drum kümmern. In der Zwischenzeit grübelte er, was hinter dem unerwarteten Wunsch nach einem Einzelzimmer in Manchester stecken könnte: einem Wunsch, den er zu erfüllen beschlossen hatte. Instinktiv begriff er, daß Neil Duncanson sich besser fühlen würde, wenn er allein sein konnte, falls es das war, was er wollte. Später würde er mit dem Jungen ein Schwätzchen halten, ein ›ernsthaftes Gespräch von Mann zu Mann‹, wie er dergleichen Gespräche in seinem wöchentlichen Bericht den Direktoren gegenüber bezeichnete. Die hörten es gerne, daß er die Finger am Puls jedes Spielers hatte, und daß er wie kein anderer wußte, was sie bewegte.

Auf dem Weg zu seinem engen Büro tätschelte er die hölzerne Umrandung, welche die Direktoren-Loge von den gewöhnlichen Plätzen auf der überdachten Haupttribüne trennte.

Viertes Kapitel

Neil Duncanson lauschte auf das Geräusch eines Hundes. Irgendeines Hundes. Aber da war keiner, zumindest keiner, den er hören konnte. Es war überhaupt kein Geräusch zu vernehmen. Die Straße war absolut still; eine Stille, die fast schon verdächtig war.

Er zögerte, unschlüssig, welches Haus er als nächstes untersuchen sollte. Zwei, die er geprüft hatte, waren mit seinen Mitteln nicht zu knacken. Im fahlen Licht der Straßenlaternen sahen alle Häuser, die er wahrnehmen konnte, gewaltig und eindrucksvoll aus, Bastionen des Wohlstands und des Familienlebens. Eines zumindest würde leer sein. Und das wollte er ausfindig machen. Ein menschenleeres Haus erleichterte seine Aufgabe. Normalerweise jedoch war nur schwer erkennbar, ob die Bewohner außer Haus waren oder lediglich tief schliefen. Einige alte Leute gingen sehr früh zu Bett, schliefen aber nur leicht und unregelmäßig, standen mindestens einmal in der Nacht auf, um etwas zu trinken oder umherzugehen. Obwohl er's nie hatte beweisen müssen, war er fest davon überzeugt, daß er mit dem plötzlichen Auftauchen einer älteren Person fertigwerden könne. Ob Mann oder Frau — sie wären allemal erschrockener, ängstlicher als der Eindringling. Neil war jünger, in besserer Verfassung und vor allem: er wußte, was er bei Schwierigkeiten zu tun hatte. Der Hausbewohner konnte nur reagieren, hatte Angst und konnte kaum denken.

Während Neil sich bereit machte, aus dem Schatten einer Buche zu treten, faßte er mit den Fingern zum Hosengürtel unter seinem schwarzen Pullover und lockerte ihn. Manchmal neigte er dazu, ihn zu eng zu schnallen. Wurde er sich dessen bewußt, machte der feste Halt ihn nervös. Jede Beeinträchtigung seiner Bewegungsfreiheit irritierte ihn.

Die Dunkelheit war stets sein Verbündeter, wenn er sich dem ausgewählten Haus näherte, aber sie war auch eine Gefahrenquelle, weil er ihretwegen nicht sehen konnte, ob der Besitzer eine Alarmanlage installiert hatte. Hätte es sich um eine ihm bekannte Gegend gehandelt, und nicht um Didsbury in Manchester, wo er niemals zuvor gewesen war, dann hätte er eine Inspektion bei Tageslicht vornehmen können. So aber mußte er seine heimliche Arbeit zu sehr im Verborgenen erledigen: Wer immer ihn nachts hier entdeckte, würde ihn fraglos mit Argwohn beobachten, falls er zu lange an einer Stelle verharrte. Jetzt begriff er sehr gut, was jene unheildrohende juristische Floskel bedeutete, die in Polizeiberichten so oft verwendet wurde: ›in bestimmter Absicht herumlungern‹. Nun, seine Absicht war in der Tat sehr konkret. Und es war an der Zeit, sie auszuführen.

Soweit er erkennen konnte, hatte das Haus keine Alarmanlage; doch selbst wenn es eine gehabt hätte, es hätte ihn nicht davon abgehalten, dort einzudringen. Das Risiko war zwar kaum höher, aber die Durchführung trotzdem reizvoller. Er hatte nie den geringsten Zweifel, daß alles gutgehen würde: was daran lag, daß er Vorsichtsregeln beachtete, weil er gut plante und nicht leichtsinnig war. Na ja, bis jetzt jedenfalls. Das Haus hatte schwarz-weiße Giebel und etwas, was wie ein Türmchen aussah. Der Wohlstand war mit den Händen zu greifen, von der gekachelten Veranda bis zu den spitzen, nachgebauten Schornsteinenden (er brauchte sie nicht zu sehen, um zu wissen, daß sie da waren). Nun brauchte er noch eine Spur Unternehmungsgeist, und er war im Haus.

Der Weg, der drei Häuser entfernt war, wand sich um Bäume herum, und selbst noch dort waren mit privaten Geldern finanzierte Laternen installiert. (Der Weg selber war auch Privatbesitz; da dies aber nirgends angeschlagen war, konnte Neil das nicht wissen.) Es war sicherlich eine Gegend, in der es von Hunden nur so wimmelte, aber immer noch war keiner zu hören. Neils Zuversicht stieg einen Grad höher.

Der Garten auf der Rückseite des Hauses war von hohen Hecken umgeben, zwischen denen immer wieder einzelne Pappeln standen.

Aus keinem der hinteren Fenster drang Licht; im dunklen Schatten überquerte er den gepflegten Rasen mit Fischteich und Gartenhaus. Und dann hielt er einige Meter vor dem Haus erleichtert an: Kein Flutlicht war aufgeflammt und hatte das Haus in gleißendes Licht getaucht. Automatische Beleuchtung, ausgelöst beim Durchqueren einer unsichtbaren Laserstrahl-Schranke, war ein größeres Abschreckungsmittel als irgendein hochentwickeltes Alarmsystem, dessen Wirksamkeit auf der Erzeugung von Lärm beruhte. Selbst in einer Gegend wie dieser hier pflegten die Nachbarn sämtliche Geräusche zu ignorieren, die nicht aus ihrem Haus kamen. Soweit, grinste Neil, reicht die vielzitierte Nachbarschaftshilfe. Nach seiner Erfahrung brach zwischen Nachbarn genauso leicht Streit aus wie in Familien. Den Wachhund für andere zu spielen, war wohl das letzte, wozu sie bereit gewesen wären.

Er berührte die Wand des Hauses, bevor er riskierte, seine Taschenlampe zu benutzen, um erst die Hintertür und dann die Küchenfenster zu überprüfen. Er war über die Fahrlässigkeit von Hausbesitzern, Türen unverschlossen und manchmal gar nur angelehnt zu lassen, längst nicht mehr verwundert: es schien ihm fast so, als wollten sie einen Einbrecher geradezu einladen, einzutreten und sich zu bedienen. Diesmal jedoch war die Hintertür gesichert. Auch alle Küchenfenster waren verschlossen — mit einer Ausnahme: das kleine neben dem Ventilator.

Es war nicht groß genug, um durchzukriechen — selbst für ein kleines Kind war es zu schmal. Aber wenn er es aufbrechen würde, könnte er seinen Schlingendraht durchstecken und ihn um den Griff des größeren Fensters wickeln. Der Draht war seine Erfindung, er hatte sich bei anderen Gelegenheiten als unschätzbar wertvoll erwiesen. Das erstemal hatte er ihn zuhause benutzt. Damals war er zwölf gewesen und hatte auf diese Weise einbrechen müssen, weil seine Eltern ihn versehentlich ausgesperrt hatten. Niemals hatten sie ihm einen Schlüssel gegeben, bis er Geld verdiente und es sich leisten konnte, woanders zu leben. Sie wußten nicht, daß er sich vor langer Zeit einen Schlüssel zurechtgefeilt hatte, auch wenn er ihn fast nie benutzte.

Seine Gummisohlen machten kein Geräusch, als er federleicht auf dem Küchenboden landete. Zuerst schloß er die Hintertür auf, und machte das Fenster wieder zu, durch das er hereingekommen war. Die erste Überlebensregel war, sich einen Fluchtweg zu schaffen. Bis jetzt hatte er nie einen benutzen müssen, doch glaubte er, sofort in Schwierigkeiten zu geraten, wenn er seine Vorsichtsmaßnahmen vernachlässigen würde. Dann verließ er die Küche, um sich mit der Anordnung der Räume im Parterre vertraut zu machen. Bevor das nicht erledigt war, würde er nicht nach den Stellen suchen, wo Wertsachen versteckt sein könnten. Nirgendwo war Licht zu entdecken, was darauf hindeutete, daß die Bewohner im Bett lagen. Gewöhnlich ließen die Leute, wenn sie abends ausgingen, wenigstens ein Licht an, um den Eindruck zu erwecken, jemand sei im Haus. Daß im oberen Stockwerk Leute sein könnten, beunruhigte Neil nicht. Er hatte gelernt, sich so leise zu bewegen, daß keines seiner Geräusche sie stören würde.

Der Flur mit dem Holzfußboden enthielt nichts von Interesse (obwohl er einmal auf ein Bündel Geldscheine gestoßen war, das in der Schublade eines Flurtisches deponiert war). Er warf einen flüchtigen Blick in jeden der drei Räume, die von hier abzweigten. Arbeitszimmer, Wohnzimmer und — der Einrichtung nach zu urteilen — Musikzimmer, denn dort stand nicht nur ein Flügel, sondern auch eine elektronische Orgel und eine Harfe. Keine Frage, daß dieser Familie Musik viel bedeutete. Er schloß daraus, daß sie Geld genug hatten, sich alles zu leisten, was immer sie wollten. Vielleicht waren sie auch deshalb nicht im Haus — weil sie ein Konzert oder eine Party besuchten, die nach einem Konzert stattfand.

Erst wenn er das Parterre eines Hauses untersucht hatte, entschied er, ob er sich ins Obergeschoß wagen sollte. War er erst einmal im Obergeschoß, erhöhte sich das Risiko stark. Dennoch: er haßte es, mit leeren Händen weggehen zu müssen, nach der ganzen Anstrengung, um in das Haus zu kommen. War unten nichts Wertvolles zu finden, dann mußte er halt anderswo nachsehen.

Zufrieden mit dem Überblick, den er gewonnen hatte, ging er in die Küche zurück, um den Kühlschrank zu untersuchen. Das war eine bevorzugte Stelle, um Wertsachen der Familie zu verstecken. Einmal hatte er zwei Diamantringe aus dem Eisfach gegraben. Manche Leute hatten die seltsame Vorstellung, kein Dieb käme je auf die Idee, zwischen den Hühnern- und Entenleichen, zwischen den Teilen von Ochsen und Schweinen nach was Wertvollem zu suchen, das nicht eßbar war. Daher legten sie ein Armband hinter die Milchtüte oder schoben ein Etui mit goldenen Manschettenknöpfen unter den mit

Folie abgedeckten Teller mit Truthahn. Doch diesmal hatte er kein Glück. Der Kühlschrank enthielt nicht nur keine Wertsachen, er war auch nur dürftig mit Speisen bestückt. Zu seiner Überraschung gab es nicht einmal frische Milch. Auf seinen früheren Expeditionen war er mehr als einmal versucht gewesen, sich einen Schluck Milch zu genehmigen, sei's auch nur, um das angespannte Knurren seines Magens zu beruhigen. Doch hatte er diesem Drang stets widerstanden, wenn auch nicht aus moralischen Gründen; wer, wie er, Schmuck im Wert von mehreren Hundert Pfund stahl, würde kaum zögern, einen Schluck Milch zu klauen. Was er dabei befürchtete, war daß die Flasche ihm durch die behandschuhten Finger gleiten könnte, um dann mit fürchterlichem Getöse auf den gekachelten Küchenboden zu knallen. Diese Art von Krach würde zweifellos Halbtote wecken. Neil war viel zu diszipliniert, um dieses Risiko einzugehen.

Nun kam ihm der Gedanke, die Bewohner dieses musikalischen Hauses könnten vielleicht für einige Tage weggefahren sein. Das würde auch den Mangel an Vorräten in der Küche erklären, obwohl ein flüchtiger Blick in die Vorratskammer keinen Engpass an Konserven und anderen verpackten Gütern offenbarte. Bevor er die Küche verließ, prüfte er, ob die Hintertür quietschte oder knarrte. Als er hinaustrat, hielt er inne, um auf irgendwelche Geräusche zu achten. Vorsicht, das hatte er sich immer wieder eingehämmert, mußte zu seiner zweiten Natur werden. Doch diese Nacht verlief ungestört.

Er ließ das Musikzimmer links liegen, da es unwahrscheinlich war, dort etwas Wertvolles zu finden, das sich leicht in Bargeld umsetzen ließ, und ging auf das Arbeitszimmer zu. Inzwischen hatte er ein ›Gefühl‹ für das Haus entwickelt, er fand es einladend und nicht beunruhigend. Manchmal hatte er einen Einbruch abgebrochen, weil eine innere Stimme ihn gewarnt hatte, daß alles, was er mitnehmen würde, ihm Unglück bringen werde. Hinterher hatte er sich nie erklären können, was die beunruhigende Atmosphäre ausgelöst hatte. Doch er vertraute seinen tiefsitzenden Instinkten. Einmal hatte er ein Buch von einem ehemaligen Einbrecher gelesen. Der Autor hatte geschildert, daß er gerade in den Fällen, wo er seinen Instinkt ignoriert und das Haus nicht so schnell wie möglich verlassen hatte, auch gefaßt worden war — entweder an Ort und Stelle oder später. Das Buch hatte bei Neil einen tiefen Eindruck hinterlassen. Er glaubte fest daran, daß man aus den Fehlern anderer lernen konnte.

Die Möbel aus dunklem Holz waren typisch für einen Sammler, und Neils Hoffnungen stiegen, als er sie prüfend betrachtete. Der Schreibtisch mit den schweren Rolläden würde sicher etwas Interessantes enthalten und fast hundertprozentig ein Versteck für Bargeld sein. Er hatte die Erfahrung gemacht, daß die meisten Leute irgendwo im Haus einen Notgroschen aufbewahrten und sich die Mühe machten, ihn vor jenen zu verstecken, die als ihre Nächsten und Liebsten galten. Vielleicht, so spekulierte er, stellte das Geld eine Art Verteidigungswaffe dar für den Fall, daß die Liebsten und Nächsten sich plötzlich in Feinde verwandelten, sei es durch ein sexuelles Abenteuer oder durch Scheidung. Wie auch immer — zuerst würde er die Bücherregale untersuchen. Der Hohlraum hinter einer Bücherreihe wurde als Versteck bevorzugt. Hin und wieder stieß er bei der Suche auf Porno-Magazine oder Umschläge voller Schnappschüsse von nackten Mädchen oder Jungen, die Geschlechtsverkehr vorführten oder in einladenden Haltungen posierten. Neil nahm sie nie heraus. Sie interessierten ihn schon, aber er ahnte, daß diese Bilder ihrem Besitzer weitaus mehr am Herzen lagen, als die vorgezeigten Besitztümer. Jedenfalls würden sie nicht viel Geld einbringen — Pornobilder waren heutzutage keine Rarität mehr. Sie müßten schon sehr stark sein, um in Geld umgesetzt zu werden.

Er konnte die Regale nur oberflächlich untersuchen, da Hunderte von Büchern dort untergebracht waren. Oft jedoch war das bevorzugte Versteck gerade über der Kopfhöhe, wohl deshalb, damit der zufällig Herumstöbernde es nicht entdeckte. Die Buchrücken, die als Tarnung dienten, erweckten den Anschein, als würden sie regelmäßig in die Hand genommen, die Bücher selbst hatten häufig obskure Titel. Neil holte sich einen Stuhl, und begann rasch, jeden dritten oder vierten Titel herauszunehmen, während er mit der freien Hand den Raum dahinter abtastete. Aber nichts. Er stellte den Stuhl genau an seinen ursprünglichen Platz zurück, nicht ohne sich vergewissert zu haben, ob die Sitzfläche den Abdruck seiner Schuhe trug.

Die nächste halbe Stunde brachte nichts, und Neil schnitt Grimassen. Es war eine feste Regel, so kurz wie möglich in einem Haus zu bleiben. Eine weitere Regel war, sofort zu türmen, wenn er etwas Wertvolles entdeckt hatte. Gefahr war allgegenwärtig und sie stieg mit jeder Minute, die man in einem fremden Haus verbrachte. Selbst wenn das Haus leer war, bestand die Gefahr, daß ein herumschnüffelnder Fußgänger das schwache Licht der Taschenlampe in einem ansonsten vollkommen dunklen Haus bemerkte. Der könnte die Polizei rufen oder womöglich selbst nachschauen — obwohl nur wenige Leute so mutig waren. Außerdem konnte man nie wissen, wann die Hausbesitzer zurückkamen — und das Wahrscheinlichkeits-Prinzip war hier kein guter Ratgeber.

Er wandte seine Aufmerksamkeit dem Schreibtisch zu. Es war ein großer Vorteil, daß er nicht verschlossen war. Zwar konnte er ihn mit dem Brecheisen im Handumdrehen öffnen, doch zog er es vor, das Ding nicht zu benutzen. Einmal, weil es Lärm verursachte, zum anderen, weil eine Beschädigung schnell auf einen Einbruch hinwies. Neil hatte die Angewohnheit, zu verschwinden, ohne eine Spur zu hinterlassen. Es bestand die Chance, daß die Hausbewohner glauben konnten, der vermißte Gegenstand wäre verloren oder verlegt.

Papier schien sämtliche Schubladen zu füllen: Blätter über Blätter, viele damit mit Notenlinien oder Notizen über Musik. Vielleicht, spekulierte Neil, war der Typ Komponist oder Musikkritiker. Mit beidem konnte er nicht viel anfangen. Er drehte die Blätter rasch um und achtete sorgsam auf die Reihenfolge, in der sie gestapelt waren. Die unteren Schubladen enthielten persönliche Dokumente, Familienphotos und Versicherungspolicen, Kraftfahrzeug-Papiere, Schulzeugnisse und Bündel von Briefen, manche noch immer in Original-Umschlägen. In der untersten Schublade im äußersten, hinteren Eck, hinter einer Sammlung unverdächtig aussehender Taschenwörterbücher, fand er, wonach er gesucht hatte.

Die Brieftasche war prall gefüllt mit hochwertigen Banknoten, teils englischen, teils österreichischen. Sie lag auf einem kleinen Kästchen, das sicherlich Schmuck enthalten würde. Neil öffnete es und war überrascht, eine Perlenkette zu finden. Kein Zweifel, sie war echt.

Er war dabei abzuschätzen, wieviel Pfund wohl in der Brieftasche waren, als das Telefon klingelte.

Der Lärm war durchdringend.

Einen Moment lang war Neil Duncanson außerstande, auch nur einen Muskel zu bewegen. Sein Mund war einen Spalt breit geöffnet, aber er konnte ihn nicht schließen, auch wenn er es versucht hätte. Seine Gedanken waren mit weitaus wichtigeren Dingen beschäftigt.

Das Telefon war in dem Raum, in dem er stand. Eigentlich hätte es neben oder auf dem Schreibtisch stehen sollen, stattdessen war es auf einem kleinen Rosenholz-Tisch nahe der Tür, am anderen Ende des

Raums. Sicherlich hatte er es bemerkt, als er den Raum betrat, denn er hatte sich darauf trainiert, nichts zu übersehen; doch wirklich registriert hatte er es nicht. Telefone spielten eigentlich nur dann eine Rolle, wenn die Hausbewohner sie dazu benutzten, nach der Entdeckung eines Einbruchs die Polizei zu rufen. Neil hatte nie ernsthaft daran gedacht, das Telefon unbrauchbar zu machen, um eine solche Situation zu vermeiden.

Sein Instinkt verlangte, das Telefon zum Schweigen zu bringen: zum Hörer zu stürmen, ihn hochzuheben und wieder auf die Gabel zu drücken. Das Klingeln war das unangenehmste Geräusch, das er jemals in einem fremden Haus gehört hatte.

Klar, das Dümmste, was er tun konnte, war dieses Telefon anzufassen. Nähme er ab, wäre das ein Beweis, daß jemand im Haus war; und wenn er den Hörer wortlos wieder auflegte, würde der Anrufer verstört und mißtrauisch werden. Neil kam in den Sinn, daß der Anruf auch eine Art Falle sein könnte; angenommen, der Hausbesitzer selber würde anrufen, um zu überprüfen, ob ein anderes Mitglied der Familie zu Hause angekommen war. Das war eine-Tausend-zu-Eins-Möglichkeit, machte Neil sich klar; aber sein eigenes Überleben hing davon ab, auch die geringste Gefahr nicht außer Acht zu lassen.

Genauso plötzlich, wie es begonnen hatte, brach das Klingeln des Telefons ab.

Es schien mitten im Ton zu verstummen. Bedeutete dies, daß jemand den Hörer abgenommen hatte, oder hatte der Anrufer gemerkt, daß er eine falsche Nummer gewählt hatte? Neil nahm an, daß es in solch einem Haus einen Nebenanschluß im oberen Stockwerk gab: sehr wahrscheinlich im Schlafzimmer des Hausherrn. Ob der Anruf beantwortet worden war? Einen Moment lang war er versucht, den Hörer abzunehmen um zu hören, ob er recht hatte. Gleichzeitig wußte er, daß es verrückt gewesen wäre. Denn es brachte keinen Vorteil, konnte aber leicht die Aufmerksamkeit auf ihn lenken. Bei all dem Gerede über ›verwanzte‹ Telefone waren die Leute heutzutage mißtrauisch, wenn es in der Leitung knackte.

Es war Zeit abzuhauen. Ganz schnell.

Hastig steckte er die Pfundnoten und das Kästchen mit der Perlenkette in die geräumige Hosentasche. Es war keine Zeit mehr, sie in dem Gürtel zu verstecken, den er am Körper trug. Das konnte er immer noch, wenn er aus dem Haus heraus war.

Die Brieftasche legte er in die Schublade zurück und achtete sorgsam darauf, daß der Schreibtisch unberührt aussah. Es konnte Monate dauern, bis der Diebstahl entdeckt wurde, wenn er Spuren seines Besuchs vermied. Mit hastigen Schritten durchquerte er den Raum. Er zog die Tür hinter sich zu, horchte flüchtig auf Geräusche von oben und kehrte in die Küche zurück. Sein erster Gedanke war, durchs Fenster abzuhauen; doch das würde ihn nur aufhalten und jetzt war jede Sekunde wertvoll.

Als er den Garten erreichte und im Schatten der Hecke verschwand, starrte er zurück auf das Haus. Noch immer war kein Licht zu sehen. Keine Geräusche. Nichts. Neil stieß einen langen, tiefen Atemzug aus. Seine Hände zitterten leicht. Der Streß war vorbei: jetzt folgte die Reaktion auf die Angst, die er ausgestanden hatte, die Angst, die er unterdrückt hatte. Er wußte, daß es so kommen mußte und es erschreckte ihn nicht, so lange er alleine war. Allmählich ließ die Spannung nach, die sich in ihm aufgebaut hatte, die er nicht unter Kontrolle bekam, weil ihm nicht einmal klar war, daß es sie gab. Er atmete einige Male tief durch, wie nach einem schweren Foul auf dem Fußballplatz. Wieder einmal hatte er es geschafft.

Langsam und mit der gleichen Vorsicht, die er im Haus des Musikfreundes hatte walten lassen, ging er zu dem Weg und dann zur Vorderfront des Hauses zurück. Noch immer war kein Licht im Haus zu sehen. Vielleicht hätte er gar nicht abzuhauen brauchen; vielleicht hatte der Anrufer doch einfach nur aufgegeben. Doch auch diese Überlegung änderte Neils Plan nicht. Eine der festen Regeln war, niemals in ein Haus zurückzukehren, aus dem er gerade abgehauen war. Um keinen Preis. Wie er sich verhalten würde, wenn er bemerken würde, daß er etwas zurückgelassen hatte, das ihn identifizieren oder belasten konnte, wußte er nicht. Alles war darauf ausgerichtet, daß dergleichen nicht passierte.

Die Straße schien noch immer so ruhig wie zuvor. Noch immer keine Hunde, noch immer keine Spaziergänger, noch immer keine Passanten. Die Straße schien verlassen zu sein, evakuiert, wie nach einem Bombenalarm, dachte Neil, als er langsam auf die Hauptstraße zuging.

Neil fingerte an dem Gürtel, der nun Geldscheine und Perlen sowie einige der Werkzeuge enthielt, die er für seine Einbrüche benötigte. Er war neugierig zu erfahren, wie hoch die Summe der Geldscheine war. Genußvoll würde er in der Abgeschiedenheit des Hotelzimmers die Scheine zählen. Was er mit den Perlen tun würde, wußte er bereits.

Auch als er die Hauptstraße erreicht hatte, ging er zu Fuß weiter. Das war eine weitere Vorsichtsmaßnahme. Obwohl er vorhatte, ein Taxi zu nehmen, glaubte er, es sei besser, dies nicht allzu nah am Schauplatz des Geschehens zu tun. Die Wahrscheinlichkeit, daß die Taxifahrer aufgefordert würden, die Fahrgäste zu beschreiben, die sie nach Mitternacht im Vorort aufgenommen hatten, und die Möglichkeit, daß sich der Taxifahrer genau an ihn erinnern würde, war äußerst gering. Aber Neil war überzeugt, daß er hauptsächlich deshalb bisher so gut davongekommen war, weil er bei allem, was er tat, diese Vorsicht hatte walten lassen.

Tatsächlich dauerte es mehr als zwanzig Minuten, bevor ein Taxis seinen Weg kreuzte; und fast hätte der Fahrer auch noch sein Handzeichen übersehen. Neil mußte hastig zurücktreten, als das Taxi an die Bordkante prallte. Das muß mir passieren, dachte er, einen Trunkenbold zu erwischen, der einen Unfall baut, bevor man am Ziel angelangt ist. Einen Moment lang dachte er daran, die Fahrt abzulehnen, doch das könnte den Fahrer aufbringen und zu richtigem Ärger führen. Er seufzte, gab als Adresse einfach das Stadtzentrum an und stieg hinten ins Auto. Zum Glück war es ein Taxi nach Londoner Art; also war er nicht verpflichtet, vorne zu sitzen und sich auf eine Plauderei mit dem Fahrer einzulassen.

Die Fahrt erwies sich als völlig ereignislos, er blieb anonym. Das Trinkgeld war genau auf zehn Prozent berechnet. Für alle Beteiligten ebenfalls unauffällig. Er lief rasch in Richtung Hotel, vorbei am berühmten Rathaus, auf dessen Balkon so viele Trophäen von United- oder City-Teams triumphierend in die Höhe geschwenkt worden waren — zur Freude und Begeisterung der versammelten Anhänger. Nicht zum ersten Mal kam Neil in den Sinn, daß er eines Tages durchaus für eine Mannschaft der Größenordnung von Manchester United spielen würde. Im Moment jedoch war er bei Fleetville glücklich: sie bezahlten ihn gut, er hatte praktisch seinen Stammplatz in der ersten Mannschaft, und der Boß lobte ihn regelmäßig. Er spürte allerdings, daß es einigen Neid bei anderen Spielern gab — besonders bei Jimmy Wager. Aber auch das war nur ein weiteres Zeichen für seinen Erfolg. Damit wurde er fertig. Eines Tages würde Fleetville ihn ziehen lassen müssen. Entweder würden sie das Geld brauchen, oder Neil selbst würde seinen Ehrgeiz nicht mehr zügeln können. Während der Spiele hatte er ziemlich oft das Gefühl, daß er, wenn er das Beste aus sich herausholte, sogar seine eigene Einschätzung übertraf, und es konnte gut sein, daß irgendein aufmerksamer Manager den Entschluß faßte, daß Neil Duncanson der Typ Spieler sei, ohne den er nicht mehr auskommen könne. Das Angebot würde ins Haus flattern, Tony Goodare würde hin- und hergerissen sein, schließlich sagen, daß er seinen Starspieler unmöglich ziehen lassen könne, um schließlich doch zu kapitulieren, weil die Nullen auf dem Scheck, der unter seiner Nase geschwenkt wurde, unwiderstehlich sein würden. Und Neil wäre an der Spitze der Liga — oder zumindest sehr nahe dran. Schließlich gab es keinen Grund, bei einem Klub zu unterschreiben, der hinter Fleetville rangierte.

Noch voller Tagträume hinsichtlich seiner Zukunft, erreichte er das Hotel. Obwohl es schon weit nach Mitternacht war, würde noch Personal auf den Beinen sein; vorneweg fraglos der Nachtportier.

Neil störte es nicht, vom Portier gesehen zu werden. Dennoch war es besser, ihn nach Möglichkeit zu meiden. Wenn niemand wußte, daß er überhaupt spät nachts das Hotel verlassen hatte, war es umso besser. Er nahm stets seinen Zimmerschlüssel mit, obwohl von den Gästen erwartet wurde, daß sie ihn an der Rezeption abgaben, wenn sie das Haus verlassen. Neil wußte, daß er kein zusätzliches Risiko einging, wenn er bei seinen Einbrüchen den Schlüssel bei sich trug, vorausgesetzt, er war sicher in einer der Taschen seines Körpergürtels verstaut. Sollte er mit der Polizei in Kontakt kommen, konnte er davon ausgehen, daß sie keinen, der in irgendeiner Weise verdächtig war, freilassen würden, ohne vorher seine Identität geklärt zu haben. Wenn sie das erst einmal erfahren hatten, würden sie auch im Nu herausfinden, wo er wohnte: es war nicht gerade schwer, Fußballmannschaften ausfindig zu machen. Und außerdem konnte er seinen Schlüssel schon deshalb nicht an der Rezeption deponieren, weil Tony Goodare, wenn er aus irgendeinem Grund prüfen wollte, ob ein Spieler fehlte, sofort bemerken würde, daß Neil ausgeflogen war. Zwangsläufig würde der Manager sich Gedanken über seine Abwesenheit machen — und Trinkgelage in dubiosen Nachtklubs würden an oberster Stelle auf seiner Liste rangieren.

Tatsächlich war der emsige Portier damit beschäftigt, dem Wunsch eines Gastes nach der neuesten Zeitung zu entsprechen, als Neil das Foyer durchquerte und auf die Treppe zuging. Auf den Aufzug zu warten, würde die Wahrscheinlichkeit erhöhen, von jemandem bemerkt zu werden, dem er besser nicht begegnete. Es wäre nicht schlimm, irgendeinem seiner Mannschaftskameraden in die Arme zu laufen. Die würden ihm glauben, daß er einfach mal losgezogen war, um frische Luft zu schnappen. Dem Boß zu begegnen, wäre ihm nicht gerade angenehm. Tony Goodare hatte gegenüber der Bitte um ein Einzelzimmer viel Verständnis gezeigt, obwohl klar war, daß er nicht viel davon hielt. Er hatte Schlaftabletten angeboten mit dem nachdrücklichen Hinweis, daß er bei Auswärtsspielen stets einen Vorrat zur Hand habe für den Fall, daß ein unerfahrener Youngster aus Angst vor der Ungewißheit des nächsten Tages nicht einschlafen könnte.

Neil war hartnäckig geblieben; es wäre schon alles in Ordnung, solange er für sich sein könnte. Tony Goodare hatte ernst genickt und ihn ermahnt, ›wirklich gut zu spielen‹ und es nicht zur Regel werden zu lassen, ein Einzelzimmer zu verlangen. Einzelzimmer kosteten den Klub zusätzlich Geld. Die Hotels waren nur bei Doppelzimmern bereit, Sonderpreise zu geben. Neil war nicht ganz sicher, daß der Boß seine Erklärung akzeptierte, aber das einzige, worauf es ihm wirklich ankam, war, daß er hatte, was er wollte. Das Problem würde sich wiederholen, denn Neil führte seine Einbrüche nur bei Auswärtsspielen durch. Dies war ein weiterer fester Bestandteil seiner Vorsichtsmaßnahmen.

Er hielt inne und drückte sich in Gedanken die Daumen, bevor er in den langen Flur abbog, der zu Zimmer 311 führte. Leer. Völlig verlassen. Jimmy Wager und Jason Oliver, das wußte er, teilten sich Zimmer 313, doch von ihnen war nichts zu hören, als er sich leise vorbeischlich. Vielleicht waren sie ebenfalls ausgeflogen. Er bezweifelte das. Jimmy war ein Streber-Typ, der niemals was tun würde, was das Management verärgern könnte. Wahrscheinlich würde er auch frohen Herzens die Chance nutzen, Neil beim Boß anzuschwärzen. Er würde darin eine günstige Gelegenheit sehen, seinen eigenen Kredit für die Zukunft zu steigern. Nach Neils Auffassung war Jimmy zwar ein guter Spieler, doch könnte er besser sein, wenn er nicht immer nur an sich dächte.

Instinktiv blickte er um sich, als er den Schlüssel ins Schloß steckte und die Tür öffnete. Es war immer noch niemand zu sehen. So leise wie möglich schloß er die Tür hinter sich. Dann, als er absolute Gewißheit hatte, wieder allein und in Sicherheit zu sein, ballte er beide Fäuste, riß sie vors Gesicht und schüttelte sie triumphierend. Es war jene Reaktion, die jeder Fußballer zeigt, wenn er gerade das schönste und wichtigste Tor seiner Karriere geschossen hatte.

Dann, seine Muskeln völlig entspannt, ließ er sich in voller Länge auf das Bett fallen, bevor er sich mit den Fingern durchs Haar fuhr.

Fünftes Kapitel

In der 6. Minute ging Manchester City gegen Fleetville United — absolut gegen den Spielverlauf — in Führung. Citys Abwehr hatte sich unter Aufbietung sämtlicher Kräfte der heftigen Eröffnungsoffensive von Fleetville erwehren müssen, und zweimal innerhalb weniger Sekunden hatte es fast so ausgesehen, als würde Rocco Cusani ein Tor schießen. Der ehemalige italienische Nationalspieler hatte eine hohe Flanke von Jimmy Wager zu einem wuchtigen Flugkopfball aus respektabler Distanz genutzt, doch irgendwie war es Citys jungem Torhüter gelungen — wie es aussah wohl mit dem Ellbogen —, den Ball noch über die Latte zu lenken. Dann, im Anschluß an den Eckstoß, stürzte sich Rocco auf den schlecht abgewehrten Ball und donnerte ihn mit dem linken Fuß voll gegen den unteren Teil des rechten Torpfostens. Der in diesem Augenblick schlecht postierte Torhüter hätte nicht die geringste Chance gehabt. Doch sprang der Ball über die Torauslinie, noch ehe jemand ihn erreichen konnte. Wer zu City gehörte, schloß einen Moment lang die Augen und stellte erleichtert fest, daß man, trotz dieses Bombardements, ohne Schaden davongekommen war.

Dennoch war Fleetville in keiner Weise bestürzt, zumindest ließ man sich nichts anmerken, um das eigene

Spiel nicht zu beeinträchtigen. Jimmy Wager erwischte den Ball bei einem Durcheinander im Mittelfeld und schickte Rocco zu einem weiteren vielversprechenden Angriff auf die Reise. Wenn Rocco in Spiellaune war und sein ganzes Können entfaltete, wirkte er immer noch unwiderstehlich, war einfach Weltklasse, wie damals, als er noch für Italien an der Weltmeisterschaft teilgenommen hatte. An solchen Tagen machte er sich einen Spaß daraus, die Gegner zu peinigen: Verteidigern den Ball zeigen, ihn mit bemerkenswerter Gewandheit aus ihrer Reichweite zaubern, sich drehen, rotieren, tanzen, die Richtung verändern, zurückkehren, dann plötzlich rasant beschleunigen, um sich von jedem Gegner zu befreien.

Viel zu oft vergeudete er diese herrliche Vorarbeit durch Übertreibungen oder durch fatales Zögern vor dem Tor, wo er nur noch den Torhüter zu überwinden hatte. Diesmal machte er alles richtig, doch bei seinem plazierten Schuß senkte sich der Ball nicht ins oberste Tordreieck, sondern wurde im letzten Augenblick von einer Windböe erfaßt und abgelenkt. Rocco fiel am Strafraumeck auf die Knie und brachte seine tiefe Enttäuschung theatralisch zum Ausdruck. Selbst von einigen City-Anhängern bekam er anerkennenden Applaus, und natürlich erst recht von den treuen United-Schlachtenbummlern, die ihn liebten und haßten, diesen temperamentvollen Italiener.

Seine Mannschaftskameraden liefen auf ihn zu, um ihn zu trösten. Sie wußten sehr gut, daß dies der beste, ja vielleicht der einzige Weg war, dem pummeligen Stürmer klarzumachen, daß er weitermachen solle und eine Gefahr für die Gegner sei. Sie mußten ihn davon überzeugen, daß er allein dieses Match gewinnen konnte, wenn er nur wollte. Das war fast die Wahrheit. Sein Können war phänomenal. Die Schwierigkeit bestand darin, daß er zu oft das Interesse am Spiel verlor, wenn ihm mal was danebenging. Das war auch der Grund, warum die italienische Nationalelf sich nicht mehr für ihn interessierte; und dies bereits seit einigen Jahren. Grundsätzlich war es der ihm eigenen Trägheit zuzuschreiben, daß er bei Fleetville geblieben war. Einige Jahre zuvor hätte er zu einem der Spitzenklubs der Ersten Englischen Liga gehen können; und mindestens zwei Clubs aus der Premier Division in Schottland hatten sich diskret erkundigt, ob er zur Verfügung stehe. Aber er hatte sich zu keinem Wechsel bewegen lassen.

Tony Goodare hielt an ihm fest, denn selbstverständlich konnte Rocco jederzeit die entscheidende Wende in ein Spiel bringen; er schoß Tore aus den ausweglosesten Situationen, die man je auf einem Fußballplatz gesehen hatte.

Der Gegner wußte nie, was er von ihm zu erwarten hatte. Selbstverständlich mußten sie ihn mit größter Vorsicht bewachen. Wenn Cusani auch nur einen Moment zauberte, konnte die Partie für die anderen verloren sein. Würde er einen Glanztag haben oder nicht? Niemand wußte das im voraus. Daher bereiteten die gegnerischen Mannschaften sich stets auf das Schlimmste vor und setzten mehrere harte Männer auf ihn an — sofern es sie gab. Zu Roccos Genie gehörte, genau zu wissen, wie er Verletzungen entging, wie er der harten Attacke oder dem Tritt eines Eisenfußes auf seinen Spann bei einem Flankenball ausweichen konnte. Er hatte einen bemerkenswerten Instinkt, sich zu schützen. Selten blieb er einem Spiel wegen Verletzung fern. Wenn er fehlte, dann deshalb, weil er es wollte, weil er sich eine Erholungspause verordnet hatte. Goodare hatte gelernt, von Zeit zu Zeit damit einverstanden zu sein. Hätte er dies verweigert, hätte sich Rocco in den nächsten zwei Spielen «keinen Zentimeter bewegt«, wie Tony Goodare es vertrauten Kumpels gegenüber ausdrückte.

Das Management sah nicht ein, dem Team zwei Spiele lang Cusanis Können vorzuenthalten, wenn es nur bei einem Spiel notwendig war. Mit anderen Worten: Wenn Rocco sich «mal wieder wie ein kleines Kind benehmen wollte«, wie Tony es nannte, dann hatte United in zwei Spielen wirklich nur zehn Mann auf dem Platz, während bei dem Spiel, wo man ihm eine Erholungspause gönnte, United ihn ersetzen und mit einem kompletten Team antreten konnte.

Jetzt, als Manchester City von Cusani zeitweise nicht mehr unter Druck gesetzt wurde, und zur Offensive überging, stand Tony auf und lief zwei Schritte in Richtung Spielfeld. Curly Atterthwaite dachte daran, den Boß zurückzuhalten, ließ es dann aber bleiben. Anweisungen zu brüllen, gehörte zum Job des Managers, und Tony ließ sich da nicht reinreden. Curly erwartete, der Boß würde Rocco anbrüllen, ihn antreiben, sich schleunigst wieder ins Getümmel zu stürzen. Vergangene Woche hatte der Italiener nach zehn Minuten das Spiel mehr oder weniger aufgegeben. Curly hätte ihn ausgewechselt — ihm gezeigt, wer hier die Musik machte — , aber der Boß hoffte immer noch, daß Rocco seine Spiellaune zurückgewinnen würde, seine Lust, den Gegner auseinanderzunehmen. Der Coach glaubte, daß der Boß einfach zu nachgiebig mit Drückebergern war. Laut sagen aber würde Curly das nicht. Seiner Meinung nach tat Rocco von Spiel zu Spiel weniger. Doch den Boß würde er nur schwer davon überzeugen können. Wenn der Boß überhaupt eine Schwäche hatte — und Curly gab nicht gerne zu, daß Tony Goodare überhaupt eine Schwäche hatte — , dann war es seine unantastbare Loyalität der gleichen Gruppe von Spielern gegenüber.

Hatte er einmal eine Mannschaft formiert, haßte er's, sie wieder ändern zu müssen. Verletzungen waren tatsächlich der einzige Anlaß, einen Spieler zu ersetzen.

Ganz offensichtlich war ein Form-Tief, selbst wenn es der Mannschaft zu schaden schien, kein ernsthafter Grund für eine Auswechslung. Nur hin und wieder konnte Tony wirklich in Wut geraten, ja explodieren wie eine 200-Pfund-Bombe: dann litt jeder, der in Reichweite war, litt bis an die Grenze seelischer Verstümmelung. Keiner der Beteiligten vergaß einen Goodare-Ausbruch, denn niemand entkam den Konsequenzen.

Was er jetzt zeigte, war Mitgefühl, keine Boshaftigkeit.Er hob und senkte beide Hände gleichmäßig, als wolle er das Gewicht eines unsichtbaren Gegenstandes abschätzen. Das Zeichen war den meisten United-Spielern vertraut: ›Ihr seid im Kommen, macht weiter so‹. Genau das bedeutete es. Aber Curly zumindest wußte, daß es hauptsächlich an Rocco gerichtet war. Aber Rocco mußte man sowas nicht sagen. Er kannte seine jeweilige Form ganz gut und wußte, wozu er im nächsten Augenblick fähig war.

Die Spieler von City merkten, daß sie im Vorteil waren, wenn sie angriffen. Ihr dunkelhäutiger Rechtsaußen, Rettink, war gebaut wie ein Vorstopper, groß, breitschultrig und ein wenig übergewichtig. Doch er konnte sich panthergleich bewegen. Und falls er unerwartet auf Widerstand traf, würde er eher Schneisen schlagen als sich vom Ball trennen. Manchmal spielte er nicht ab, sondern feuerte kanonengleich einen Schuß ab. Weder er noch sein Manager wußten, daß Rettink vom Nationaltrainer zur weiteren Beobachtung notiert worden war. Eines Tages würde er die in ihn gesetzten Hoffnungen erfüllen. Vorerst hatte Rettink seinen Spaß daran, wenn er den Ball bekam und die Angst der Gegenspieler mitbekam. Im Moment aber zeigte Fleetville keine Besorgnis, weil man bisher selber immer im Angriff gewesen war. Rettink war dabei herauszufinden, ob sie genausogut abwehren wie angreifen konnten.

Uniteds linker Außenverteidiger war einigermaßen verwirrt von Rettinks flinken Richtungswechseln, seinen merkwürdigen Seitenschritten und Drehungen und rutschte peinlicherweise über den nassen und glitschigen Rasen. Jason Oliver, Uniteds zentrales Abwehrbollwerk, war bereit, sich der Sache anzunehmen. Er wich zurück, nur zu gerne bereit, mit einem energischen Tackling den Gegner von den Beinen zu holen. Der dunkelhäutige Außenstürmer tat so, als suche er einen Mitspieler für einen langen Paß und als Jason einen Moment lang zögerte, unsicher, was passieren würde, wurde der Ball an ihm vorbeigespitzelt, und Rettink, der ihn auf der anderen Seite umkurvte, erreichte das Leder erneut. Wieder konnte man meinen, er suche eine Anspielstation. Aber das war seine Art zu spielen; und United hatte ihn nie zuvor in dieser Form erlebt. Gareth Rickerby, Uniteds jüngste Torwart-Entdeckung, hatte den Außenstürmer überhaupt noch nie spielen sehen. Aber man hatte ihm erklärt, worauf er achten solle, was er zu erwarten habe. X-mal hatte der Boß es ihm vor dem Spiel gepredigt. Trotzdem wurde er völlig überrascht.

Wie eine Rakete flog der Ball an ihm vorbei ins Netz. Rettink konnte mit beiden Füßen schießen, links so hart wie rechts; und dieser Schuß mit dem linken Fuß gehörte zu der knalligsten Sorte. Gareth wurde mit Leichtigkeit geschlagen; zerschmettert.

City war in Führung, und Rettink drehte auf, sein Jubel kannte keine Grenzen. Seine Mannschaftskameraden konnten mit ihm jubeln und taten es voller Ekstase. Die Fans kreischten, der rhythmische Beifall rollte durch die Stadt, weit über die Maine Road hinaus. Schließlich war es ein Tor zum Genießen. City lag in Führung, obwohl die Mannschaft Minuten vorher leicht mit zwei Treffern hätte in Rückstand geraten können.

Tony Goodare war verzweifelt. Warum mußten sie alles vergessen, was er ihnen gepredigt hatte? Was dachten sie bloß, wozu die Besprechungen dienten, die er vor dem Spiel abhielt? Begriffen sie nicht, daß er sie nicht nur warnte, sondern ihnen genau voraussagte, was passieren würde?

Alle hatten mit ihren blöden Köpfen genickt und im Chor geblökt: ›Ja, Boß, alles klar, wir machen genau das, was Du sagst‹. Geschwätz! Sie taten, was sie wollten, oder, mehr noch, was der Gegner sie zu tun zwang. Sie konnten sich nicht an ein einziges verdammtes Wort erinnern, das ihnen gesagt worden war; und sie konnten nicht selbständig denken. Genau deshalb hatte er sich angewöhnt, sehr sehr sorgfältig und in einfachen Worten zu erklären, was zu erwarten war, und welche Schritte man unternehmen mußte, um nicht in Schwierigkeiten zu kommen. Die gefährlichsten Gegner, Spieler wie Rettink, beschrieb er bis ins kleinste Detail, zählte ihre speziellen Vorzüge und Tricks auf. Also konnte keiner mit der Entschuldigung kommen, nicht gewußt zu haben, daß der schwarze Flügelstürmer genauso kraftvoll mit dem linken wie mit dem rechten Fuß schießen konnte, und daß er mit Vorliebe ein Ding von außerhalb des Strafraums abzog. Aber dieser Rickerby — er hatte sich nicht einen Zentimeter bewegt.

Der Boß schüttelte verzweifelt den Kopf über soviel Unvermögen. Dennoch war er überzeugt, daß der Junge jede Menge Talent besaß. Andernfalls hätte er ihn nicht in Uniteds erster Mannschaft aufgestellt. Die Schwierigkeit mit Torhütern war, daß sie oft einen sehr langen Reifeprozeß durchmachten. Einige der besten erreichten den Höhepunkt ihrer Leistungen erst, nachdem sie die Dreißig überschritten hatten. Brillanz konnte schon bei einigen jungen Torhütern vorhanden sein, was gewöhnlich fehlte, war Beständigkeit — sie neigten zu den entsetzlichsten Dummheiten, um manchmal Sekunden später mit einer atemberaubenden Rettungstat aufzuwarten.

Worauf der Manager jetzt nur noch hoffen konnte, war, daß Rickerby sein Selbstvertrauen — wovon er nicht wenig besaß — durch diesen Fehlgriff nicht verlieren würde. Trotzdem, in der Halbzeit würde er dem Burschen beibringen, sich gefälligst an das zu erinnern, was er inzwischen gelernt hatte: sich von der Linie zu lösen, wenn von einem einzelnen vorstürmenden Angreifer ein Tor drohte. Ein sich bewegender Torhüter konnte einen Angreifer viel eher am Einschuß hindern als einer, der wie angewurzelt auf der Linie stehenblieb. Das war von fundamentaler, absolut fundamentaler Bedeutung.

City brannte darauf, aus dem plötzlichen Erfolg weiteres Kapital zu schlagen. Rettinks Treffer motivierte die ganze Mannschaft, die Offensive fortzusetzen. United war durch Cusanis Pech und diesem schockierenden Schlag sichtlich aus der Fassung gebracht. Während der nächsten fünf Minuten hatten die Gastgeber sich in der Hälfte des Gegners eingenistet. Rickerby war seit seiner Schulzeit, als er in der schwächsten Mannschaft der Jugend-Liga gespielt hatte, nicht mehr so beschäftigt gewesen. Damals hatte er sein Handwerk gelernt. In diesen dreihundert Sekunden bügelte Gareth seinen Fehler mehrfach hintereinander aus. Wie er den gewaltigen Kopfball von Rettink wegfaustete, war von internationaler Klasse. Selbst der um seinen Erfolg gebrachte City-Stürmer zollte dieser Leistung Beifall. Der Druck jedoch wurde so stark, daß es nur eine Frage der Zeit schien, wann Uniteds Abwehr erneut durchbrochen würde. Ironischerweise war es ein Eigentor, das sie nach einem Fehler, der selbst einem Team von Schuljungen nicht unterlaufen würde, hinnehmen mußten. Der Übeltäter: Jason Oliver.

Diesmal ging die Gefahr vom linken Flügel aus. Citys offensiver Verteidiger stürmte fast bis zur Torauslinie, bevor er den Ball ziellos in den Strafraum schlug, in der Hoffnung, daß er irgendwie einen Stürmer erreichen würde. Der Ball war nicht einmal gut geschlagen, er flog zu nah ans Tor: eine sichere Beute des Torhüters. Aber ein plötzlicher Windstoß veränderte die Flugbahn des Balls vom Tor weg. Aufgeschreckt von dieser Richtungsänderung stürzte Jason, der den Stürmer bewachte, herbei, um den Ball abzufangen und leicht zum Torwart zurückzuköpfen. Rickerby war aber schon entschlossen, die Flanke abzufangen. Schließlich war das ein Ball für den Torwart. Er hätte früher rufen sollen, dann hätte Jason ihm den Ball überlassen. So aber war es viel zu spät, als Jason den entsetzten Ruf hörte: ›Mein Ball!‹

Rickerby hatte keine Chance mehr, den Ball auch nur zu berühren.

Er segelte hoch über seinen Armen durch die Luft und landete nach einem perfekten Bogen im leeren Netz. Die Mannschaft von City, die nichts von dem planlos zur Mitte geschlagenen Ball erwartet hatte, lag plötzlich mit zwei Toren Vorsprung in Führung, mehr oder minder ohne wirklich gespielt zu haben.

Als Jason mit der Faust gegen seinen Oberschenkel trommelte und sich dann dem Torhüter zuwandte, um ihn heftig und mit deftigen Ausdrücken zu beschimpfen, schüttelte Tony Goodare ungläubig den Kopf. Eine ganze Weile noch ging der Kopf hin und her, wie ein Metronom auf dem Klavier.

»Nein«, wiederholte er immer wieder fast flüsternd, »nein, das ist doch nicht zu fassen.«

»Teuflisch! Absolut teuflisch!« entfuhr es Curly.

Der Coach vermied es bewußt, seinen Kollegen anzuschauen. Für den Boß war es besser, seinen Schmerz ungestört auf der Reservebank ausleben zu können. Die City-Funktionäre waren in Ekstase. Es spielt keine Rolle, wie ein Tor zustande kommt, solange es für die eigene

Mannschaft zählt. Ein Zufallstreffer macht einfach nur das verdammte Pech wett, das die Mannschaft oft genug hatte, wenn ein krimineller Schiedsrichter oder ein schielender Linienrichter sie um den verdienten Lohn brachte. Bietet sich eine Chance zum Feiern, dann pack sie und laß jeden wissen, wie du dich fühlst. Genau das tat Citys Meute,

»Es mußte so kommen, es mußte so kommen«, brüllte ihr Manager, Colin Coleman, seinen Leuten auf der Bank zu. »Druckmachen zahlt sich immer aus. Wenn wir so weiterspielen, machen wir sie platt.«

Für einen auf dem Platz war das Spiel noch nicht entschieden: Neil Duncanson. Trotz Uniteds Zwei-Tore-Rückstand, trotz Auswärtsspiel gegen eine gute Mannschaft gab er sich noch nicht geschlagen. Vor dem Schlußpfiff war kein Spiel verloren. Außerdem fühlte er sich in ausgesprochen guter Form.

Neil spürte, daß er, egal wie schwach seine Mitspieler waren, eine gute Partie liefern würde. Das Gefühl des Wohlbehagens, das er letzte Nacht erlebt hatte, hatte sich auf den Tag übertragen. Die Bühne gehörte ihm, er würde dem Publikum schon zeigen, wozu er in der Lage war. Bis zu diesem Zeitpunkt war er kaum im Spiel gewesen. Nur dreimal hatte er Ballkontakt, einmal eher zufällig. Jetzt, als ihm der Ball von dem immer noch ziemlich angeschlagenen Cusani zugespielt wurde, stürmte er auf dem rechten Flügel nach vorne.

Die erste Hürde nahm er fast lässig, die zweite mit einem Seitenschritt und schnellem Wechsel des Tempos. Im Ballbesitz bleiben, das war's, was er wollte. Citys Mittelfeld hielt sich zurück und wartete, daß er den Ball einem Angreifer zuspielen würde. Neil verlangsamte seine Schritte und blieb dann, den linken Fuß auf dem Ball, einfach stehen. Es war ein Bild der Arroganz. Eben dies sollte es sein. Dann begann er, sich erneut zu bewegen, krabbenartig, entlang der Seitenlinie, allem Anschein nach, um den Gegner zu foppen, zu reizen, damit sie herbeistürzten, um ihm den Ball abzujagen. Stattdessen zogen diese sich zurück. City-Fans, nach der Aufregung der ersten Minuten heiß geworden, wurden unruhig und wollten Taten sehen: den Ball erkämpfen, was Sinnvolles damit anstellen, diesen Kerl mit den kurzen Haaren fertigmachen, der da versuchte, City auf den Arm zu nehmen. Neil hatte nicht die Absicht, sich drängeln oder jagen zu lassen. Er würde sich vom Ball erst trennen, wenn er es wollte: und der Ball würde genau zum Spieler seiner Wahl kommen. Aufgestachelt von den Fans an der Außenlinie stürzte der nächste Gegenspieler heran. Ganz lässig ließ Neil seinen Gegner aussteigen, indem er den Ball mit der Sohle hinter sich beförderte, im Zick-zack in die eine Richtung trippelte, dann doch in die andere lief, mit dem Ball am anderen Fuß plötzlich im Spurttempo startete. Der City-Verteidiger fand nur mühsam sein Gleichgewicht wieder und jagte verärgert hinter ihm her. In diesem Augenblick hatte Neil seinen Mann ausgewählt, er lupfte den Ball mit gekonnter Präzision über die Köpfe von zwei weiteren Spielern, so daß er geradezu ideal in Ben Beeleys Bahn fiel.

Uniteds schmächtiger Stürmer, den geschickten Lupfer bereits erwartend, war in diesem Moment unbewacht. Die ganze Aufmerksamkeit hatte bis eben Neil Duncanson gegolten, mit einem wachsamen Auge auf Rocco Cusani, dem bis dahin gefährlichsten Mann. Ben hatte geahnt, daß Neil ihn anspielen würde — er hatte ein Gespür für das entwickelt, was seine Mannschaftskameraden in bestimmten Situationen tun würden -, und er wußte bereits, was er tun würde, um das Tor zu erzielen. Es störte ihn überhaupt nicht, daß die meisten Mannschaften in Cusani den gefährlichsten Mann von United sahen: den Torjäger mit Künstlerqualitäten, wie eine große Zeitung den Italiener beschrieben hatte. Ben profitierte oft davon, daß sich die Aufmerksamkeit der Verteidiger auf Rocco konzentrierte, denn dann hatte er mehr Platz für sein Spiel. Selbst in einer Zeit, in der Fußball-Profis immer jünger wurden, wirkte Ben Beeley besonders jugendlich: jugendlich und zerbrechlich. Doch seine äußere Erscheinung machte Uniteds Anhängern keinen Kummer. Sie wußten, wozu er fähig war, im Mittelfeld wie auch — was noch wichtiger war — im wichtigsten Teil des Spielfeldes: im Strafraum. Da war er scharf wie ein Rasiermesser und für den Gegner geradezu tödlich. In dieser Gefahrenzone behandelten ihn die Abwehrspieler mit äußerster Vorsicht: Ein unüberlegter Stoß und Ben würde auf dem Rasen liegen. Das führte, wenn der Schiedsrichter zu jenen gehörte, die kleine und schwache Leute gerne in Schutz nehmen, unweigerlich zum Elfmeter. Ben hatte in seiner kurzen Karriere jede Menge dubioser Strafstöße herausgeholt, und diese Zahl würde sicherlich noch steigen, wenn er weder Gramm noch Zentimeter zulegte. Vor allem besaß er eine weitere, nicht überraschende Eigenschaft: Er wirkte wie die Unschuld in Person. Wer ihn sah, konnte sich kaum vorstellen, daß Ben Beeley ein Foul begehen, oder auf eine unsportliche Art Nutzen aus einem Tackling oder einem unglücklichen Angriff ziehen würde. Im Zweifel wurde immer zu seinen Gunsten entschieden, wenn es überhaupt Zweifel gab. Tony Goodare war natürlich froh darüber, daß es so war. Wie alle Manager hatte er das Gefühl, daß seine Mannschaft im Streitfall gewöhnlich viel zu schlecht wegkam, und so betrachtete er die speziellen Vorteile Ben Beeleys als gerechten Ausgleich.

Jetzt sprintete Ben, die fliegende blonde Mähne wie eine Reklamefahne hinter sich herziehend, an einem Gegenspieler vorbei, auf den gegnerischen Spielraum zu. Rocco war auf Parallelkurs gegangen, um sich für einen

Paß anzubieten. Er wußte ebenso wie Ben, daß dies hauptsächlich ein Täuschungsmanöver war. Nur Manchester City wußte es nicht, vermutete es nicht einmal. Cusani wurde bereits hautnah gedeckt, und ein weiterer Abwehrspieler stellte sich schnell rechts neben ihn, als zusätzliche Sicherheit. Ben drehte betont lässig nach links ab und schwenkte fast im selben Augenblick doch nach rechts. Er brachte sich in Schußposition, was der Gegner nicht schnell genug bemerkte. Schießen war nicht Bens stärkste Seite, vor allem nicht, wenn es auf Kraft ankam — dafür war jedoch seine Genauigkeit erstklassig. Der Ball würde niemals wie ein Luftballon über die Latte segeln oder die Eckfahne ummähen. Ein Spieler oder ein anderes Hindernis mußte sich in den Weg stellen, wenn ein Tor verhindert werden sollte. Gerade als er mit dem Fuß zum Schuß ausholte, stürzte Citys schnellster Mittelfeldspieler wie ein wütender Stier herbei. Ohne Rücksicht auf die Folgen fegte er in Ben hinein, beide Männer stürzten zu Boden. Der Ball trudelte herrenlos herum und wurde gerade aus der City-Hälfte geschlagen, als der Pfiff des Schiedsrichters ertönte. Der ›Täter‹ setzte eine Leidensmiene auf und reagierte mit demonstrativ ungläubigem Kopfschütteln auf die Strafpredigt des Schiedsrichters. Sein Name war reif für eine Verwarnung, das wußte er, aber zugeben würde er das Foul auf keinen Fall. Sollte es zu einer Sportgerichtsverhandlung kommen, würde er darauf verweisen, daß die Bestrafung ihn zu sehr getroffen hatte, um noch was sagen zu können. Die Aufzeichnungen des Schiedsrichters würden das bestätigen. Ben nahm sich Zeit, wieder auf die Beine zu kommen. In Wirklichkeit war er überhaupt nicht verletzt, nicht einmal einen Kratzer hatte er abbekommen, aber natürlich war es seine Taktik, ein solches Foul als abscheuliches Vergehen darzustellen.

Jedenfalls würde der Boß es so darstellen und auch jedem erklären, der zuhörte. Die Dinge mußten für den

Foulspielenden so finster wie möglich aussehen, gerade jetzt, wo er die Gelbe Karte bekam und Gefahr lief, bei dem geringsten Vergehen vom Platz zu fliegen. Dann hätte United den Vorteil zahlenmäßiger Überlegenheit, was man während der restlichen Spielzeit nutzen konnte. Ben krümmte sich, faßte sich an den Knöchel, betastete ihn mit schmerzverzerrter Miene und, wie aufs Stichwort, hastete Curly mit dem Sanitätsköfferchen auf das Spielfeld. Schmerzlinderndes Spray war nicht das einzige, was er mitbringen würde, sondern auch eine Anweisung vom Boß. Die Behandlung von Verletzten war immer auch eine Gelegenheit für taktische Anweisungen. Ben ließ sich pflichtbewußt wieder fallen und ermöglichte dem Coach, Art und Ort der Blessur zu erkunden. Doch auf der sonnengebräunten Haut war keine Verletzung erkennbar.

»Es geht schon, Junge, es geht schon«, war Curlys vorhersehbare Diagnose. »Sag Dunc, daß er das Spiel wieder langsamer machen soll. Der Boß meint, daß wir aufhören müssen, im Tausend-Meilen-Tempo zu spielen. Wenn wir es schaffen, im Ballbesitz zu bleiben, werden die in Panik geraten. Okay?«

Ben nickte nur kurz. Diese Art von Wunschdenken war ihm hinreichend bekannt. Wenn sich Gelegenheit ergab, würde er die Nachricht an Duncanson weitergeben. Wenn er sich noch daran erinnerte ...

Es dauerte lange, bis alle ihre Position bei diesem direkten Freistoß wenige Meter vor dem Strafraum eingenommen hatten. Die Situation war keineswegs besonders gefährlich, doch City tat so, als stünde das Leben auf dem Spiel. Immer wieder wurde die Abwehrmauer verändert, immer wieder wurden die Körper hin und hergeschoben — es war reine Zeitschinderei; und so sah es auch der Schiedsrichter. Er drohte mit weiteren Verwarnungen. Schließlich ließ man von dem Theater ab, und Jimmy

Wager bereitete sich auf den Freistoß vor. Er hatte nicht vor, direkt aufs Tor zu schießen, auch wenn City da nicht so sicher sein konnte. Die Abwehrspieler standen aufgeregt in der Mauer und hielten die Hände schützend vor die Genitalien.

Es gab einen neuen Freistoß-Trick, von Tony Goodare höchstpersönlich ausgetüfftelt und von Curly mit Begeisterung gelobt und eintrainiert. Jimmy lief an, als wolle er den Ball aufs Tor donnern, doch in letzter Sekunde spielte er ihn mit der Innenseite zu Ben Beeley. Ben wiederum beförderte ihn gefühlvoll mit der Hacke nach rechts zu Neil Duncanson, der sich unauffällig bereithielt.

Dunc nahm den Ball direkt, traf ihn voll und schoß mit ganzer Kraft. Der Schuß war fast perfekt. Aber statt neben dem Innenpfosten ins Netz zu zischen, prallte der Ball gegen das Holz und sprang weg. Ein, zwei Zentimeter hatten zum Treffer gefehlt. Eine grausame Enttäuschung. Sekunden später schlug ein City-Verteidiger den Ball über die entfernte Seitenlinie. Es gab einen harmlosen Einwurf. Manchester City war ein weiteres Mal ohne Schaden davongekommen.

Allmählich sah es so aus, als sei dies tatsächlich nicht der Tag von Fleetville United.

Sechstes Kapitel

Während der Halbzeit sah Tony Goodare alles ganz anders.

»Ihr werft das Spiel weg, ihr werft es einfach aus dem Fenster«, raunzte er seine Spieler in der Kabine an, während sie ihren lauwarmen Pausentee schlürften oder geräuschvoll an Orangenscheiben saugten. »Ihr denkt wohl, daß heute Weihnachten ist oder so was — verteilt Geschenke wie der Nikolaus. Was bisher gelaufen ist, ist schon fast kriminell.«

Niemand kam auf die Idee, dem Manager zu sagen, daß er die Metaphern durcheinander brachte. War der Boß in dieser Stimmung, dann war es angebracht, ihn nicht zu unterbrechen. Ein Witz, ein gelungener Scherz hätte ihn vielleicht ablenken können — sonst nichts. Die Spieler, die ihn kannten, hatten längst gelernt, sich zurückzulehnen und still zu leiden.

»Seht«, fuhr er fort, und tatsächlich sah ihm jeder direkt ins Gesicht, »dieses Spiel könnte schon gewonnen sein. Ihr hattet sie im Griff. Sie waren k.o. — und dann laßt ihr sie wieder hochkommen und zurückschlagen. Weshalb? Wegen schlapper Torschüsse und totaler Unachtsamkeit.«

Rocco Cusani hätte mit gutem Recht aufstehen und geltend machen können, daß sein Torschuß alles andere als schlapp gewesen war, sondern er ganz einfach Pech gehabt hatte. Doch Rocco hatte es zum Prinzip gemacht, niemals auf Kritik zu reagieren — schon gar nicht verbal. Er würde zuhören. Oft sah es aus, als koche er vor Wut. Aber den Mund aufmachen — in eigener Sache? Nein. Niemals.

Der Manager lief buchstäblich im Kreis: er drehte eine Runde nach der anderen um den Tisch in der Mitte der Umkleidekabine. Die nächsten zwei Runden lief er ohne ein weiteres Wort. Aber niemand brach das Schweigen. Auch Curly wirkte niedergeschlagen, und man hatte den Eindruck, er werde niemals wieder seinen Mund öffnen — außer zum Essen und Trinken.

»Dieses Spiel wird mit über 100 Meilen pro Stunde gespielt — und das ist lächerlich«, fuhr Goodare fort. Er hatte nicht damit gerechnet, daß jemand etwas dazu sagte, also enttäuschte ihn das Schweigen nicht. »Das Problem ist, daß City bei dem hohen Tempo alles besser macht als ihr. Die wissen, wie man die Dinge bei dieser hohen Gangart erledigt. Ihr kämpft noch damit, den richtigen Gang zu finden. Der einzige Weg, das zu erreichen und euch wieder zu fangen, besteht darin, die Dinge zu verlangsamen. Nehmt das Tempo aus der Partie, damit wir bestimmen können — spielt euer Spiel. Nicht das von City. Unser Spiel.«

Er hielt erneut inne und machte sich die Mühe, jeden Spieler der Reihe nach einzeln anzusehen: ihn scharf und fragend anzusehen. Die meisten Blicke senkten sich, wenn sie einander begegneten. Neil aber erwiderte den Blick. Er wußte, daß er nichts falsch gemacht hatte, daß er keinen Grund hatte, sich irgendwelcher Fehler wegen Vorwürfe zu machen. Doch selbst dann hätte er den gleichen, herausfordernden Blick beibehalten. Klein beizugeben war nicht Neil Duncansons Art.

»Dunc, du bist der einzige, der es richtig gemacht hat«, sagte der Boß. »Das Spiel verlangsamen, so daß du und nicht die anderen das Spiel kontrollieren. So muß es sein. Dann können wir an die Arbeit gehen und loslegen — loslegen und sie packen.«

Diese Redewendung war neu, und wirkte wie einstudiert. Dunc war überzeugt, daß er sie bald schon wieder hören würde.

Als wäre dies ein Stichwort, stand einer der Spieler, Gareth Rickerby, auf und ging zum Tisch, um sich eine weitere Tasse Tee zu holen. Er war sicher, daß der Boß ihn gleich herauspicken und kritisieren würde. Schließlich hatte er zwei Tore durchgelassen, die niemals hätten fallen dürfen — andererseits war der Boß oft der Meinung, gegen United dürfe überhaupt niemand ein Tor schießen.

Sim Saxton stand ebenfalls auf und ging direkt am Manager vorbei, um sich ein weiteres Stück Orange zu holen. Es hatte ihn sehr getroffen, daß Neil Duncanson mit einem Lob herausgestellt worden war. Seiner Meinung nach hatte er, der Mannschaftskapitän, an diesem Nachmittag keinen falschen Schritt getan. Er war überzeugt davon, ein hervorragendes Spiel geliefert zu haben. Aber es war typisch, daß der Boß das Offensichtliche nicht mitbekam. Sim ließ erneut seine Gedanken zu dem Kontakt schweifen, den er mit einem Klub der Ersten Liga hatte. War er an einem Wechsel interessiert? Wieviel Geld würde er bekommen? Würde Tony Goodare ihn ziehen lassen? Natürlich war der bekannte und erfolgreiche Manager nicht persönlich an ihn herangetreten. Die ›Fühlungnahme‹ war genau das: ein erster Kontakt zu einem Klub mit Kaufinteresse. Aber Sim zweifelte nicht, daß man ernsthaftes Interesse an ihm hatte. Es ging ihm nicht aus dem Kopf — vor allem nicht außerhalb des Spielfeldes. Während eines Spiels konzentrierte er seine ganze Kraft auf das Match. Bis es zum Vereinswechsel kam, würde er mit Leib und Seele für United spielen. Es war eine Schande, daß Tony Goodare das nicht erkannte.

»Du mußt diesen Mittelstürmer enger decken, Sim«, sprach ihn der Boß an, als ob er ihn erst in diesem Moment wahrgenommen hätte. »Du läßt dem viel zuviel Bewegungsfreiheit. Das war auch der Grund, weshalb der Flügelstürmer die Chance hatte, das erste Tor zu machen. Er bekam den Ball, als du es hättest verhindern sollen.«

Saxton rollte die Augen himmelwärts und ließ sich mit noch theatralischerem Seufzer auf seinen Platz zurückfallen. Es hatte keinen Sinn zu diskutieren. Aber die Ansichten vom Boß waren ... na ja ... unglaublich.

Alle warteten auf das Zeichen für die zweite Halbzeit. Solange das auf sich warten ließ, mußten sie eben dem Manager zuhören. Jeder wünschte, daß er, verdammt nochmal, die Schnauze hielte und sie in Ruhe ließe.

Sie wußten, daß sie in der zweiten Halbzeit besser spielen mußten. Und sie würden es auch. City hatte bisher jede Menge Energie verbraucht und könnte durchaus an Dampf verloren haben. In Cusani, Beeley, Duncanson, und Saxton hatten sie Spieler, die genausogut waren wie die Spieler von Manchester. Wenn sie sich jetzt zusammenreißen würden, könnte United das Spiel immer noch aus dem Feuer reißen (wie Curly es mal bei denkwürdiger Gelegenheit formuliert hatte). Keiner sprach darüber, alle fühlten es. Sie wurden nicht dafür bezahlt, daß sie große Reden über Taktiken und Perspektiven schwangen. Das war der Job des Managers. Aber das hieß noch lange nicht, daß sie auf ihn hören und ihm alles abnehmen mußten. Letztlich wurden Fußballspiele fast ausschließlich nach Instinkt gespielt und nicht nach einem festen taktischen Konzept.

»Schaun Sie, Boß, warum rauchen Sie nicht eine Zigarette? Sie hungern ja förmlich danach. Rauchen Sie halt eine. Danach werden Sie sich wieder großartig fühlen.«

Der Vorschlag von Neil kam so unvermittelt, daß alle sich umdrehten und ihn anstarrten. Niemand lachte, und niemand unterstützte den Vorschlag, aber es blieb auch niemand vor Schreck der Mund offen. Doch alle, Tony Goodare eingeschlossen, waren einen Moment lang verblüfft.

Auch Neil selbst war überrascht über das, was er losgelassen hatte. Dennoch war es eine verständliche Reaktion. Er konnte nicht mehr mitansehen, wie der Boß dauernd um den Tisch kurvte, wie er seine Hände ständig in und aus den Hosentaschen nahm und mit dem Feuerzeug spielte, das er immer noch in seiner Jackentasche aufbewahrte.

»Er hat das Rauchen aufgegeben, Dunc. Dachte, du wüßtest das«, bemerkte Curly Atterthwaite und machte ein ganz unschuldiges Gesicht. »Es wäre keine gute Idee, jetzt wieder damit anzufangen, oder?«

»Es ist aber auch keine gute Idee, es aufzugeben, wenn man sich dann noch schlechter fühlt, wenn es einen — nun — richtig streßt — oder?«

Eigentlich hatte er sagen wollen: ›üble Laune macht‹, aber das hätte beleidigend sein können. Es hatte keinen Sinn, die Lage zu verschärfen. Er hatte damit spekuliert, daß der Boß nicht über ihn herfallen würde — und hatte recht gehabt. Tony Goodare reagierte eher mit einer gewissen Heiterkeit.

»Man braucht Selbstdisziplin, um das Rauchen aufzugeben, eiserne Kontrolle, und beides habe ich. Und genau das ist es, was ihr Kerle da draußen in der zweiten Halbzeit haben müßt«, hielt er ihnen vor und hatte mit erstaunlicher Schnelligkeit seine Autorität wiedergewonnen. »Wenn ich erfolgreich das Rauchen aufgeben kann, könnt ihr erfolgreich damit aufhören, Scheiße zu spielen. Ihr könnt damit beginnen, guten Fußball zu spielen, Erfolgsfußball. Also macht euch raus.«

Neil wollte spontan applaudieren, doch das hätte ihm falsch ausgelegt werden können. Ein Jammer — denn er bewunderte die Art und Weise, wie Tony Goodare seine Sicherheit zurückgewonnen und eine komplizierte Situation in eine aufmunternde Ansprache umgewandelt hatte. Außerdem hatte sich gezeigt, daß er gute Karten bei Goodare hatte. Das hatte er aber schon geahnt, als ihm das Einzelzimmer zugestanden worden war. In Zukunft würde der Boß es schwer haben, ihm dieses Privileg wieder zu entziehen, außer, er würde gegen die Klubgesetze hinsichtlich Disziplin und sonstiges Verhalten verstoßen.

»Hey, Mann, das war große Klasse, Dunc, das mit dem Rauchen«, sagte Jason Oliver mit verschmitztem Lachen, als sie aufs Spielfeld trabten. »Hatte keinen blassen Schimmer, was er drauf sagen sollte. Dachte, er würde dir jeden Moment an die Gurgel springen!«

»Bestimmt nicht! Er wußte, daß ich die Wahrheit sagte.«

»Das hält ihn normalerweise nicht zurück«, spottete Oliver, froh darüber, das letzte Wort zu haben.

Trotz aller guten Absichten begann United unerwartet schwach. Sim Saxton, der immer noch mit seinen Karriereaussichten beschäftigt war, verschätzte sich bei einem Kopfball am Strafraumeck. Der Ball sprang links von ihm weg und Rettink packte zu. Zum x-ten Mal gelang ihm, am linken Außenverteidiger vorbeizuziehen und nach innen zu kurven. Er zog schwindelerregend seine Bahn, bevor er einen Schuß von furchtbarer Wucht losließ. Gareth Rickerby sah ihn wirklich nicht. Trotzdem bekam er irgendwie noch den Arm an den Ball und lenkte ihn steil nach oben, fast auf das Dach der Tribüne. Saxton, in seiner Eigenschaft als Kapitän, eilte sofort zu seinem jungen Torhüter und gratulierte ihm.

Der Eckstoß hatte keine Folgen und United gewann an Format. Citys Tor geriet schon bald unter Druck, und

Cusani, offensichtlich durch die Pause und das obligatorische Glas Eiskaffee zu neuem Leben erwacht, wurde wieder erfinderisch. Ben Beeley wurde von einem raffinierten Absatzkick des Italieners fast überrascht, doch sein Reaktionsvermögen war einfach gut genug, um den Ball mit der Spitze des rechten Fußes noch zu erwischen und unter Kontrolle zu bekommen. Sein nächster Gegenspieler, gebannt durch das Manöver, konnte Ben nicht daran hindern, an ihm vorbeizuziehen. Und Ben, kaum im Strafraum, feuerte einen Schuß ab mit dem Ziel, einen Punkt genau innerhalb des unteren rechten Torpfostens zu treffen.

Der Schuß war unfehlbar und fing sich im Gewirr des Netzes. Der Torhüter hatte sich kaum bewegt, sondern lediglich versucht, sich dorthin zu stellen, wo er den Schuß erwartete. Es gehörte zu Bens herausragenden Fähigkeiten, zu schießen, wenn andere Spieler noch überlegten, ob sie schießen sollten.

Uniteds Schlachtenbummler johlten vor Begeisterung, weil sie wieder einmal Zeugen von Bens magischen Eigenschaften (so stand es am Montag in einer Zeitung) sein durften.

Cusani, immer vorne dabei, wenn es galt, einem Mitspieler zu gratulieren, war der erste, der die Arme um Ben schlang und ihn fast in die Luft katapultierte. Kein Kunststück bei einem, der so leicht wie Ben war. Jimmy Wager und Neil Duncanson kamen ebenfalls und beglückwünschten Ben, während den City-Fans der Schreck noch in den Gliedern steckte. Ihre Mannschaft, das war klar, war immer noch im Vorteil, aber jetzt, da United den Anschlußtreffer erzielt hatte, würde es einen Kampf auf Biegen und Brechen geben. Gar kein Zweifel. Tony Goodare hatte es vom Sitz hochgerissen, er klatschte rhythmisch in die Hände, die er hoch über dem Kopf hielt, so daß das gesamte Team es sehen konnte. Er hatte

Lust, hämisch in Colin Colemans Richtung zu grinsen, aber wer weiß, vielleicht würde der City-Manager doch zuletzt lachen. Also ignorierte er den Rivalen auf der anderen Bank völlig.

Ben ließ die ganze Toreschießerei ziemlich kalt. Für ihn gab es danach keine Gladiatoren-Gesten, seine Freude brachte er nicht durch große Sprünge noch durch Purzelbäume, ja nicht einmal durch Lächeln zum Ausdruck. Das Höchste, was seine Fans und Kameraden erwarten konnten, war ein zufriedenes Nicken über eine vollbrachte Arbeit. (Wobei die Arbeit für ihn erst mit dem Schlußpfiff endete. Er hatte eine Gier, Tore zu schießen, die keiner kannte oder sich bei ihm vorstellen konnte.) Die Aufmerksamkeit, die Rocco auf sich zog, besonders dann, wenn er ein Match so wirkungsvoll begann wie dieses, half Ben sehr. Das gab ihm mehr Zeit und Raum. Allzuoft betrachtete der Gegner ihn als harmloseren Teil der Sturmspitzen-Partnerschaft. Das störte Ben nicht im geringsten. Die Meinung anderer, einschließlich die von Tony Goodare, schien ihn nie zu beeinflussen. Hatte er Probleme, gleich welcher Art, so teilte er sie, soweit das seine Mitspieler wußten, keiner Menschenseele mit. Sein Privatleben war genau das: streng privat.

Es war klar, daß City versuchen würde, den Zwei-Tore-Vorsprung so schnell wie möglich wieder herzustellen. Rettinks Feuer und Tempo schienen jedoch nach einer bösen Attacke von Jason Oliver, die dem United-Verteidiger eine Verwarnung und ein anhaltendes Pfeifkonzert seitens der City-Fans einbrachte, an Wirkung nachzulassen. Jetzt, da die Angriffe von City sich über die gesamte Breite des Spielfeldes ausdehnten, verloren sie, seltsam genug, an der nötigen Durchschlagskraft. Denn wo immer sie entsprechende Versuche unternahmen, liefen sie Gefahr, an ein und derselben Barriere zu scheitern: Neil Duncanson. Uniteds aggressiver Mittelfeldspieler schien buchstäblich überall zu sein. Ihm war die Rolle des großen Wanderers zugeordnet worden.

Neil wußte, daß er in überragender Form war. In der ersten Halbzeit hatte er nicht einen falschen Schritt getan. In dieser Halbzeit würde es genauso sein. Kein Ballverlust, kein verpatzter Angriff. Und weil seine Raumaufteilung optimal war, bekam er ständig den Ball. Er schien das Leder anzuziehen wie ein Magnet das Metall.

Blau war die Farbe von United: ausgenommen waren die Auswärtsspiele, wenn das auch die Farbe der Gastgeber war. Citys Team war als die ›Blauen‹ und Manchester United als die ›Roten‹ bekannt. Trotz seiner Vorliebe für die eigenen Farben bemerkte Neil, daß es angenehmer war, gegen ein Team zu spielen, das blaßblau trug. Er wußte nicht warum, aber seine Spiellaune bekam dann zusätzlich Schwung.

Der Kampf konzentrierte sich jetzt auf das Mittelfeld. Rocco war zurückgegangen um auszuhelfen und produzierte auf engstem Raum seine unvergleichlichen Tricks. Nur Ben lauerte vorne, um den Ball bei einem Konter in Empfang zu nehmen. Das entsprach aber nicht dem, was Tony Goodare sich vorgestellt hatte, jetzt, nachdem United aufgeholt hatte: Sie mußten noch viel mehr Druck machen, um zum Ausgleich zu kommen. Ob man mit 0:2 oder 1:2 verlor, machte keinen Unterschied — es war und blieb eine Niederlage. Ben Beeleys Tor zählte nicht, wenn es das einzige blieb.

Goodare eilte zur Seitenauslinie, um auf mehr Offensivgeist und Mut zu drängen. Von hier Einfluß zu nehmen, war nicht erlaubt, und er lief Gefahr, mit dem Schiedsrichter in Konflikt zu geraten. Der aber nahm keine Notiz von ihm. Er hatte ein gutes, wenn auch schwieriges Spiel unter seiner Aufsicht. Jimmy Wager fing einen Schlag auf den Knöchel, der ihm neben dem Schmerz auch noch das höhnische Gebrüll der

Zuschauer einbrachte, die glaubten, er wolle den Zusammenprall mit Pete Oxley, Citys prächtigem Vorstopper, zusätzlich dramatisieren. Curly Atterthwaite, der ihn mitfühlend behandelte, gab die Order für Rocco weiter, er solle gefälligst vorne bleiben. Rocco hatte das erwartet, und nickte nur. Er hatte das Gefühl, heute zu nichts fähig zu sein und spielte einfach nur noch auf den Schlußpfiff hin. Im Grund genommen glaubte er nicht mehr daran, daß United aus diesem Match noch was rausholen würde. Obwohl er es Dunc gegenüber nie erwähnt hatte, spielte auch er am liebsten gegen Mannschaften in blaßblauem Dreß. Uniteds Ersatz-Dreß bei Auswärtsspielen bestand, sofern die gleichen Farben aufeinandertrafen, aus schwarzweiß-gestreiften Trikots und schwarzen Hosen. In Italien war dieser Dreß berühmt: Es war der von Juventus, jener Mannschaft, für die zu spielen Rocco immer geträumt hatte, als er noch ein kleiner Junge war.

Das Tor kam aus dem Nichts.

Nach einem schlecht genutzten Einwurf in der Hälfte von City flog der Ball, von Oxley unglücklich getroffen, im hohen Bogen zurück in den eigenen Strafraum. Cusani, der herumstrich, wo immer seine Laune ihn hinführte, holte den Ball in seiner üblichen lässigen Art runter, brachte ihn unter Kontrolle und sah Neil Duncanson auf den Strafraum zurennen. Dunc hatte schneller als jeder andere auf die winzige Chance, die sich da ergab, reagiert. Käme von Rocco jetzt das richtige Abspiel, dann wäre der Mittelfeldspieler von United auf dem direkten Kurs zum Tor, ungedeckt und nicht mehr zu bremsen.

Rocco spielte den perfekten Paß genau im richtigen Moment. Dunc nahm den Ball in vollem Lauf, gerade, als er in den Strafraum eindrang. Der Torhüter zögerte nicht. Seine einzige Chance war, sich von der Linie zu lösen, den Schußwinkel zu verkürzen und den Angreifer zu stören.

Noch immer war kein Abwehrspieler in der Nähe, als Dunc einen Schritt nach links antäuschte und sogleich nach rechts drehte. Der Torhüter warf sich auf den Ball, und seine Finger packten genau in dem Augenblick Neils Knöchel, als der United-Spieler ausholte und das Leder ins gähnend leere Tor schieben wollte. Die Berührung reichte völlig, um ihn aus dem Gleichgewicht zu bringen. Harmlos rollte der Ball weiter, während Neil sich mehrmals überschlug, wieder aufrappelte und »Elfmeter!« brüllte.

Über die Folgen konnte kein Zweifel bestehen, trotz wütender Proteste seitens der halben City-Mannschaft. Mit herrischer Geste scheuchte der Schiedsrichter alle davon und zeigte auf den Elfmeterpunkt.

Neil hatte den Ball an sich genommen und drückte ihn fest gegen seine Brust, als wolle er ihn um nichts in der Welt wieder rausrücken. Normalerweise übernahm Uniteds Mannschaftskapitän die Ausführung der Strafstöße, aber Sim fühlte, daß dies nicht der Augenblick war, um auf seiner Kompetenz zu bestehen. Neil hatte den Elfmeter herausgeholt und war deutlich entschlossen, ihn auszuführen. Darüberhinaus aber hatte Citys Torhüter einen weithin bekannten Ruf als Elfmeter-Töter. Sim Saxton überlegte blitzschnell, daß er, sollte er den Elfmeter verschießen, in den Berichten der Sonntagszeitungen, der Lektüre seines künftigen Arbeitgebers, wohl kaum gut wegkäme.

Neil hatte nicht den geringsten Zweifel, daß er ein Tor schießen würde. Selbstvertrauen war nahezu alles, was ein Strafstoß verlangte. Selbstvertrauen haben — genau zielen — und hart schießen — darauf kam es an, in dieser Reihenfolge. Neil kontrollierte ganz überflüssigerweise, ob der Ball auch genau auf dem Punkt lag, wischte seine Hände am Trikot ab und ging schnell ein halbes Dutzend Schritte zurück.

Citys Torhüter erwartete den Ball zu seiner Rechten — flach, direkt neben dem Pfosten. Trotz seiner hellseherischen Fähigkeiten konnte er den Ball nicht abwehren, denn der war mit solcher Wucht und Genauigkeit geschossen, daß sein Hechtsprung ins Leere ging.

Neil Duncanson hatte nicht nur das Ausgleichstor für United geschossen, sondern auch seinen ersten Saisontreffer erzielt. Wie Tony Goodare, jetzt wieder jubelnd auf den Beinen, zu Curly bemerkte, ›hätte das zu keiner passenderen Zeit geschehen können‹. So abgelenkt verpaßte er den ungewohnten Anblick, daß Dunc von Ben Beeley auf den Mund geküßt wurde. Es war nicht ganz das, was Ben beabsichtigt hatte. Obwohl er bei eigenen Torerfolgen fast bis zur Teilnahmslosigkeit reserviert blieb, gehörte er immer zu den ersten, wenn es darum ging, einem Mitspieler zu gratulieren. Und wenn ein Tor gefallen war, in diesem emotionalen Augenblick, umarmten und küßten sich die Spieler. Ben hatte seinen Kuß in dem Augenblick auf Neils Wange drücken wollen, als dieser nichtsahnend den Kopf drehte. Spontan gab Neil den Kuß zurück und legte seinen Arm um Bens Schultern, als sie zum Anstoßkreis zurückkehrten.

Jetzt war auch Colin Coleman an der Seitenauslinie, um seinen Spielern neue Anweisungen zu geben. City lief Gefahr, das Spiel völlig aus den Händen zu verlieren, und er wollte sicherstellen, daß sie in den verbleibenden zehn Minuten wenigstens den einen Punkt verteidigten. Doch niemand nahm wirklich Notiz von ihm — ebensowenig wie von Tony Goodare. Keiner der Spieler war mit der Punkteteilung zufrieden.

Außerdem erreichte die Partie, ganz gegen die Norm in solchen Situationen, eine Qualität, die der in den Eröffnungsminuten gleichkam. Der Ball wechselte von einem Ende des Spielfeldes zum anderen: aber mit Raffinesse, Feinheit und Zielstrebigkeit, nicht den Derbheiten des Hauruck-Fußballs.

Neil Duncanson, durch die Dramatik des Kampfes nicht minder in Hochstimmung versetzt als durch den von ihm erzielten Treffer, blieb weiterhin im Zentrum des Geschehens. Es gab kaum noch Manndeckung, kein einzelner Spieler konnte länger als der entscheidende Gefahrenherd betrachtet werden, denn jeder, der den Ball hatte, war jetzt für den Gegner eine Bedrohung. Niemand behielt den Ball eine Sekunde länger als nötig: die geschlagenen Pässe waren so scharf und effektiv, als ob eine Wurstschneidemaschine zu betriebsamer Zeit für eine Schlange wartender Kunden arbeite. Bemerkenswerterweise waren die Angriffe ebenso fair wie vehement, und der Schiedsrichter, von der Erregung um ihn herum erfaßt, ließ das Spiel einfach laufen, wenn Zweifel bei einem unbedeutenden Zwischenfall aufkamen, der sonst vielleicht zum Freistoß geführt hätte. Cusani, genauso scharf auf den Ball wie alle anderen, riß diesen bei einem Zusammenstoß außerhalb des Strafraums förmlich von Ben Beeleys Fuß. Fast in den Strafraum fallend, behielt er dennoch irgendwie die Kontrolle über den Ball, schlängelte sich an allen bedrängenden Abwehrspielern vorbei und war dabei zu schießen. Citys Torhüter, verzweifelt bemüht, keinen weiteren Treffer zuzulassen, warfs sich Hals über Kopf auf den Ball, als dieser Roccos Spann verließ. Der Stiefel prallte gegen seine Brust, aber irgendwie gelang es ihm, den Ball festzuhalten, während Rocco über ihn stürzte.

Die Schreie nach einem weiteren Strafstoß seitens der United-Fans, die ein Foul an ihrem Lieblingsspieler gesehen hatten, wurden vom Schiedsrichter, dessen Sorge hauptsächlich dem angeschlagenen Spieler galt, vollkommen ignoriert. Waghalsige Torhüter genossen ohnehin seine Bewunderung. Der benommene Torwart, immer noch den Ball umklammernd, als müsse er befürchten, Loslassen bedeute ein Tor, kam wieder auf die Beine. Der Schmerz in seiner Brust war schlimm — jedoch hatte er in dieser Saison schon einiges einstecken müssen. Rocco, das Stehaufmännchen, war bei dem Sturz unverletzt geblieben. Er machte sich Vorwürfe, kein Tor geschossen zu haben.

Sorgenvoll beobachteten die City-Anhänger, wie ihr Liebling einer flüchtigen Behandlung unterzogen wurde und ihr Jubel war stürmisch, als er mit den Armen Zeichen gab, daß nichts gebrochen war und er weiterspielen konnte. Der glücklichste Spieler in diesem Augenblick war Pete Oxley: Wenn Citys Torhüter vom Platz genommen worden wäre, hätte er als Ersatzmann ins Tor gehen müssen.

Näher als in dieser Situation kam keine von beiden Mannschaften an das entscheidende Tor heran.

Rettink blühte in den letzten zwei Minuten noch einmal auf, als wolle er beweisen, daß jedes Spiel so enden sollte, wie es begonnen hatte. Noch einmal ging er leichtfüßig an Uniteds linkem Außenverteidiger vorbei, provozierte Jason zu einem schlecht getimten Tackling, drehte sich, flitzte davon und feuerte noch einen Bombenschuß ab. Diesmal wußte Gareth Rickerby, was ihn erwartete, und mit genau dosierter Kraft lenkte er den Ball über die Latte. Tony Goodare verfluchte ihn, weil er den Ball nicht festgehalten und einen Eckstoß in letzter Sekunde verursacht hatte. Aber ein solcher Schuß war nicht festzuhalten. Der Boß wurde stets Opfer seiner schwachen Nerven, wenn ein unentschiedenes Spiel dem Ende zuging.

Oxley tänzelte in einer Ecke des Strafraums herum, als der Eckstoß vorbereitet wurde, und Sim Saxton wußte offensichtlich nicht, wie er mit diesem durchsichtigen Täuschungsmanöver umgehen sollte.

»Nimm ihn an die Kandare, Mann, nimm ihn an die Kandare!« schrie Curly Atterthwaite aus vollem Hals, obwohl nicht die geringste Chance bestand, daß der

Mannschaftskapitän ihn hörte. Der Boß konnte gar nicht mehr hinschauen. Er hatte den Kopf auf seine verschränkten Arme gelegt. Beide Linienrichter hatten, wie er bemerkte, längst signalisiert, daß die Spielzeit abgelaufen war.

Der Ball flog gefährlich herein, und Gareth, von einem der längsten City-Spieler bedrängt und wie ein Wachsoldat auf seiner Torlinie stehend, kam gerade noch mit einer Faust dran. Doch hatte er es gerade geschafft, den Ball an einem Gegenspieler vorbeizulenken, der schon gedacht hatte, er würde jetzt noch schnell ein Tor machen. Mit erstaunlicher Kälte in Anbetracht seines vorherigen Zauderns holte Jason Oliver darauf den Ball mit der Brust herunter, drehte sich halb und brachte ihn aus der Gefahrenzone. Noch bevor der Ball eindeutig den Strafraum verlassen hatte, schrillte die Pfeife des Schiedsrichters. Das Spiel war aus.

Einige United-Spieler warfen die Arme in die Luft, als ob sie gerade das Pokal-Endspiel gewonnen hätten, und sogar die Gegenspieler umarmten einander und versicherten einander, daß es ein sagenhaftes Spiel gewesen war — was auch den Tatsachen entsprach. Der Schiedsrichter gratulierte beiden Kapitänen und hob das gerechte Ergebnis hervor.

»Wir hätten uns mit den Punkten aus dem Staub machen können, darüber gibt es keinen Zweifel«, verkündete Tony Goodare jedem, der in Hörweite war, Colin Coleman eingeschlossen, den das Ergebnis ebenfalls verstimmt zu haben schien. »City hat nicht mal das Unentschieden verdient, nicht mal das. Wir haben sie in der zweiten Halbzeit fertiggemacht!«

Curly nickte eilfertig und wieselte herum, um mit jedem Spieler in der Kabine ein paar Worte zu wechseln. Die meisten waren noch in erregter Stimmung, und Neil wußte, daß er soeben sein bestes Spiel für Fleetville United geliefert hatte (was ihm übrigens am nächsten Tag die Zeitungen bestätigten, indem sie ihn zum ›Mann des Matches‹ erklärten.) Citys Manager hatte es sich nicht nehmen lassen, ihm die Hand zu schütteln, als er das Spielfeld verließ, doch er maß dem nicht allzuviel Bedeutung bei. Wahrscheinlich war es nicht mehr als eine großmütige Geste des Gegners.

Sim, der im Bad herumplätscherte, und die eigene Leistung und die der Mannschaft in Gedanken noch einmal Revue passieren ließ, sah Ben und Neil gleichzeitig hereinkommen und erinnerte sich an die Szene nach dem Elfmeter.

»Hey!« rief er allen anderen zu. »Hier kommen die Knutscher. Macht weiter. Benny Boy, gib ihm noch ein Küßchen!«

Gareth, der sich um Integration im Team bemühte und akzeptiert werden wollte, war genau hinter Ben. Plötzlich faßte er ihn um die Taille und griff nach unten.

»Rubbel ihn lieber ein bißchen!« lachte er.

Ben trat nach hinten aus und stampfte mit voller Wucht auf Gareths Spann.

»Hau ab!« fauchte er, wand seinen schlanken Körper aus dem Armen des Torhüters und ließ sich ins Wasser plumpsen. Kein Zweifel, daß er erregt war.

Neil hatte alles beobachtet, aber jede Beteiligung vermieden. Er wollte sich gerade unter die anderen mischen, als Tony Goodare, der völlig lautlos eingetreten war, losbrüllte: »Genug damit! Ich möchte nicht, daß ihr noch länger so 'nen Scheiß macht. Ihr seid kein Haufen bekloppter Kindsköppe. Ihr solltet eigentlich vernünftige Menschen sein.«

Die meisten wußten nicht, worauf er anspielte, doch sie waren an derartige Ausbrüche gewöhnt. Diesmal hatten sie allerdings erwartet, er würde sie für ihre Leistung loben und nicht abermals Dampf ablassen. Curly kam hereingewieselt und suchte nach einem speziellen Sälbchen, das Rocco verlangt hatte. Deshalb war ihm entgangen, was der Boß soeben als Augenzeuge wahrgenommen hatte. Und als er davon erfuhr, tat er es als Übermut ab: Blödsinn machen, ein bißchen Unfug treiben, die übliche Flachserei, ›wie immer Sie es nennen wollen, Boß, nichts von Bedeutung‹. Es wunderte ihn, daß Mr. Goodare überhaupt davon sprach. Fraglos war es etwas, das in jeder lebhaften Mannschaft passierte, wenn man gerade ein dramatisches Spiel absolviert hatte, ein Spiel, daß das Blut zum Kochen brachte und die Nerven zum Zerreißen anspannte. Schließlich räumte Goodare ein, Curly habe vielleicht recht, immerhin war es möglich, daß er nicht alles genau hatte sehen können.

Ben blieb nicht lange im Wasser und trocknete sich schweigsam und abseits der anderen ab. Neil wollte etwas sagen, war aber nicht sicher, ob es angebracht sei. Als sie noch ein gemeinsames Zimmer gehabt hatten, war Ben stets verschlossen gewesen, und das hatte ihre ›Nicht-Beziehung‹ eher gefestigt.

Nun kleidete sich jeder fix an, bedacht darauf, möglichst schnell in den Bus zu kommen und nach Fleetville zurückzubrausen. City hatte gastfreundlich eine Bewirtung in der Spieler-Lounge angeboten. Diese wurde freundlich aber bestimmt mit dem Hinweis abgelehnt, der Bus stünde bereit. (Was natürlich Quatsch war, denn der würde solange warten, bis Tony Goodare das Zeichen zum Aufbruch gab). Nach Auswärtsspielen wollten alle schnell in ihre Lieblings-Kneipen, wo die versprochen erstklassigen Steaks bereits warteten. Samstagabend war der einzige Abend, wo sie sich richtig gehen lassen durften. Und heute abend würden sie genug zum Feiern haben: Kaum jemand hatte erwartet, daß sie an der Maine Road einen Punkt holen würden; daß sie in der zweiten Halbzeit so aufdrehen würden, daß sie sogar eine Chance hatten zu gewinnen. Selbst der Boß würde ihnen an diesem Abend ein paar herrliche Stunden nicht mißgönnen.

»Hast du Montagabend was Bestimmtes vor?« fragte Ben unvermittelt und schüchtern, als er und Neil zum Bus gingen. »Wenn nicht, könnten wir ja vielleicht zusammen ins Kino gehen oder sonst was machen. Montagabend, äh, ist ein ziemlich langweiliger Abend, oder nicht?«

Neil war verblüfft über die Einladung. Nie zuvor hatte Ben vorgeschlagen, irgendetwas gemeinsam zu unternehmen.

»Em, naja, ich hab da wahrscheinlich schon 'ne Verabredung. Ich meine, es ist nicht sicher, aber ich hab's schon ziemlich fest gemacht — und sie meinte, daß sie Zeit hätte.« Er spürte, daß er verwirrt und ausweichend klang, und er wollte nicht, daß Ben dachte, er wolle seine Freundschaft brüsk zurückweisen. »Em, übrigens, ihr Name ist Tina.«

Ben's Miene blieb unverändert. »Okay, dann vergiß es.«

Gareth Rickerby gab Ben mit einer Geste zu verstehen, daß er sich neben ihn setzen solle, doch Ben ignorierte ihn und ging den Gang weiter. Neil fühlte, daß er hingehen und ihm Gesellschaft leisten sollte, aber er spürte auch, daß es ihn in Verlegenheit bringen könnte. Neil wollte seine Pläne nicht umwerfen und nach so einer Abfuhr würde Ben wahrscheinlich am liebsten alleine bleiben.

Neil war aus der Zwickmühle, als Tony Goodare ihm zuwinkte.

»Du hast gut gespielt, mein Sohn, gut gespielt«, lobte der Boß.

Neil, der sich verlegen auf einen benachbarten Sitz drückte, murmelte ein Dankeschön. Er war gespannt, was als nächstes kommen würde. Der Manager vergeudete gewöhnlich keine Zeit mit Schmeicheleien.

»Ja, ich war mit deiner Vorstellung heute sehr zufrieden. Hast alles aus dir rausgeholt. Das sieht man gerne — den ganzen Einsatz. Du hast auch diesen Elfmeter sehr gut geschossen. Das war auch gut so, denn du hättest einen Riesen-Anschiß von mir bekommen, mein Sohn, wenn du das Ding versiebt hättest. War nämlich nicht dein Bier, oder?«

»Äh, nein, Boß. Aber ...«

»Aber ich mag dein Selbstvertrauen. Darauf kommt's an: Selbstvertrauen kann Berge versetzen. Ich wünschte, mehr Spieler würden das beherzigen. Wie auch immer, es hat uns wieder ins Spiel gebracht. Mit ein bißchen Glück hätten wir uns am Ende mit allen drei Punkten davonmachen können statt nur mit dem lumpigen einen.« Er legte eine kurze Pause ein. »Also — demnach hast du gut geschlafen, nicht wahr?«

»Wie bitte? Oh — oh ja, sicher Boß. Hab wirklich gut geschlafen, danke.«

»Hab ich mir gedacht«, sagte Goodare, dabei selbstzufrieden nickend. »Hat sich in deinem Spiel gezeigt. Offensichtlich sehr locker und entspannt. Ich habe letzte Nacht einige Mal an deiner Tür gelauscht, aber da war nichts zu hören. Du mußt ganz schön weg gewesen sein.«

Neil konnte sich ein Grinsen nicht verkneifen. »Oh, das war ich, Boß, das war ich.«

»Okay, mein Sohn, das wäre alles im Moment. Gut gespielt.«

Siebtes Kapitel

Als sie auf den Eingang des Wohnblocks zugingen, löste Neil sanft seine Hand. Automatisch überprüfte er die Fenster aller drei Stockwerke des Gebäudes, konnte aber niemanden entdecken, der sie gesehen hätte. Es war kein hübsches Anwesen — nach Neils Meinung hatte es nicht den geringsten architektonischen Schliff -, aber die Bäume, die es umsäumten, gaben dem ganzen einen Hauch von Abgeschiedenheit. Und das war es, was auf beide einen gewissen Reiz ausübte.

»Rowland Court«, sprach er gelassen, als er den Namen las, der in einen Torpfosten gemeißelt war, der wohl früher zu einem Haus auf diesem Grundstück gehört hatte. »Gut, daß es nicht anders geschrieben wird. Würde sonst bedeuten, daß wir in Schwierigkeiten geraten könnten.«

Tina hielt inne und schaute ihn an.

»Entschuldige, das kapier ich nicht. Bin ich ein bißchen schwer von Begriff, oder was?«

»Oh, nein, nein — Entschuldigung. Nur ein Witz, wirklich . Wenn ich diesen Namen lese, also irgendwas mit Court, denke ich immer: würde es wie c-a-u-g-h-t, also schnappen, geschrieben, dann könnte jemand, der dort einen unwillkommenen Besuch macht, Schwierigkeiten bekommen.«

Er zögerte, biß sich auf die Lippen und wußte, daß er die Erklärung vermasselt hatte.

»Dumme Idee. Wie schon gesagt, vergiß es, Tina.« Er wünschte, niemals damit angefangen zu haben.

Stattdessen lachte Tina. »Oh, jetzt kapier ich. Echt gut, Dunc. Aber mach dir keine Sorgen, wir tun nichts, was wir nicht dürften, und wir werden nicht erwischt werden. Suzie schwört, ihre Nachbarn seien ein Musterbeispiel an Diskretion. Wenn sie einen neuen Freund hat, lassen sie es sich noch nicht mal anmerken. Sie sagt, daß sie zu allen gleich sind. Deshalb werden sie uns einfach als Freunde von Suzie betrachten, wenn sie uns überhaupt sehen. Okay?«

»Okay, ich bin deiner Freundin Suzie sehr dankbar. Wirklich sehr dankbar.«

Er hatte allen Grund, dankbar zu sein, denn Suzie stellte Tina für diesen Abend ihre Wohnung zur Verfügung. Sie wußte lediglich, daß Tina einen neuen Freund hatte und einen Ort suchte, wo beide völlig ungestört waren und den ganzen Abend miteinander verbringen konnten. Keiner von beiden hatte mit dem anderen nach Hause gehen können, weil ihre Eltern da waren, und die Idee, ein Hotelzimmer zu mieten, hatte Tina verworfen.

»Das klingt, na ja, geschäftsmäßig — und total unromantisch. Ich meine, unsere zweite Verabredung sollte was ganz Spezielles sein, also verdient sie auch einen speziellen Ort. Überlaß das mir. Willst du mir vertrauen?« hatte sie nach ihrem ersten Treffen erklärt und sich mit einem Gutenachtkuß verabschiedet.

Er war sofort einverstanden. Von dem Moment an war er überzeugt, daß Tina genau das Mädchen war, das er gesucht hatte, das Mädchen, das ihn verstehen und wissen würde, was er wollte. Sie war nicht nur attraktiv, intelligent und feinfühlig: sie würde, dessen war er sicher, seine Geschenke zu schätzen wissen wie kein anderes Mädchen zuvor.

Während Tina mit dem Ersatzschlüssel der Freundin die Tür öffnete, fühlte er nach dem Geschenk in seiner Tasche und dachte darüber nach, wann er sie damit überraschen sollte. Sie würden miteinander schlafen, daran bestand kein Zweifel. Das wäre auch bei der ersten Verabredung möglich gewesen, wenn sie nur gewußt hätten, wohin zu gehen. Tina hatte durchblicken lassen, daß sie es nicht darauf ankommen lassen wollte, auf dem Rücksitz des Autos entdeckt zu werden.

Er würde ihr das Geschenk geben, während sie im Bett lagen. Es würde den Genuß des Miteinander-Schlafens noch erhöhen; es würde dazu beitragen, daß die Erinnerung für beide unauslöschlich bliebe.

Als er ihr in die Wohnung im 1. Stock folgte, betrachtete er ihre Beine: schlanker, als er es gewohnt war, aber trotzdem begehrenswert. Sie bewegte sich federleicht und voller Anmut auf ihren Zehen, und ihm kam der Gedanke, daß sie in einer Sportart wie Tennis sicher gut sein müßte. Daß sie tanzen konnte, sinnlich und genießerisch, hatte er schon bei ihrer ersten Verabredung entdeckt. Vorsichtig öffnete sie die Wohnungstür, wobei sie jeden Lärm vermied. Sie wollte ihn umarmen, nachdem die Tür wieder geschlossen war. Aber er bekam das nicht mit. Es gehörte zu seinem Instinkt, fremdes Terrain sofort zu erkunden. Deshalb ging er wortlos an ihr vorbei, erst ins Wohnzimmer; dann ins Schlafzimmer mit dem riesigen Bett und dem bemerkenswerten Messingrahmen am Kopfende, anschließend in ein unordentliches Badezimmer und zuletzt in die Mini-Küche mit der unlackierten, alles beherrschenden Kiefernholz-Oberfläche.

»Weiß du«, bemerkte sie halb spöttisch, halb ernst, »du erinnerst mich an einen Grundstücksmakler, der umherschleicht und taxiert, wieviel er für den Besitz verlangen kann. Oder, laß mich nachdenken: an einen Einbrecher, der herausfinden will, wo die besten Sachen sind.«

Neil stockte, er sah sie an und gab sich Mühe, keinerlei Überraschung zu zeigen. Ihre funkelnden Augen verrieten, daß sie sich prächtig amüsierte.

»Na ja, mag sein, mag sein«, antwortete er gelassen. »Aber ich möchte halt gerne wissen, wo alles ist, wenn ich zum ersten Mal irgendwo bin. Ich mag es nicht, irgendwo reinzutappen.«

»Ich sehe nicht, wie das passieren sollte. Wenn du Fußball spielst, scheinst du alles um dich herum im Auge zu haben — und genau zu wissen wo deine Mitspieler sind.«

Er ging ins Wohnzimmer zurück und nahm sie in die Arme.

»Dir entgeht nicht viel, oder doch?« bemerkte er, bevor er sie küßte.

Es dauerte eine Weile, bis sie antworten konnte, doch auch dann hatte sie es nicht eilig.

»Und dir auch nicht«, flüsterte sie, als sie wieder sprechen konnte. »Ich glaube, du weißt genau, was passiert und wohin du gehst. Und jetzt stelle ich mir vor, daß wir in dieses ziemlich nette Schlafzimmer gehen, auch wenn ich keine Ahnung habe, was du tatsächlich im Schilde führst.«

»Ich glaube, das wirst du gleich herausfinden.« Ihre Leichtigkeit hatte auch ihn erfaßt.

»Ich denke, das werde ich«, stimmte sie mit verführerischer Stimme zu.

Sie begannen mit aufreizender Sorgfalt sich gegenseitig auszuziehen und stapelten die Kleidungsstücke zu einem Haufen auf dem Teppichboden.

»Trägst du nie einen BH« fragte er, als seine Zunge einen Moment lang davon abließ, ihr Ohr zu erforschen.

»Brauch ich nicht, oder? Also weshalb dann die Umstände?«

«Tu's nie«, bat er, »niemals.«

Er liebkoste ihre Brüste und küßte sie lange.

»Macht es dir nichts aus«, frage sie mit leichtem Zögern in der Stimme, »mit einem Mädchen zusammenzusein, das größer ist als du?«

»Darüber mach ich mir keine Gedanken«, antwortete er ohne Zögern. »Warum? Denkst du, ich sei zu klein für dich, Tina?«

»Natürlich nicht!« sagte sie leidenschaftlich und nahm ihn in ihre Arme. »Du bist groß genug für jede, Dunc. Oh ja, das bist du!«

Sie ließen sich voller Verlangen aufs Bett sinken, und als er in sie eindrang, geschah es mit einer Zärtlichkeit, die sie nicht erwartet hatte. Sein Einfühlungsvermögen in ihre Bedürfnisse erstaunte sie und machte sie glücklich.

»Das war wunderbar, herrlich, großartig. Oh, danke, danke ...« stammelte sie, als sie endlich wieder sprechen konnte.

Er küßte sie auf den Mund, seine Zunge glitt wie ein Hauch über ihre Lippen, dann ließ er seinen Kopf so auf das Kissen sinken, daß er sie beobachten konnte.

»War es«, er konnte es nicht lassen, »schön für dich? Schöner als ...«

»Ich möchte nicht über andere Jungen reden, und du nicht über andere Mädchen, okay?« sagte sie so entschieden, daß ihm keine andere Wahl blieb.

»Äh, nein, aber ...«

»Ich bin mit dir zusammen, Dunc, mit dir. Das ist alles, worauf es ankommt: wir beide zusammen, jetzt. Und du bist mit mir zusammen, nur mit mir. Ich will nicht eine Sekunde davon mit irgendjemand anderem teilen. So ist es jetzt, und so wird es immer sein.«

Ihre Augen weiteten sich vor Schreck, als er sich plötzlich von ihr wegrollte, das Bett verließ und in den Kleidern zu wühlen begann. Das Päckchen, das er suchte, war in der untersten Tasche. Behende hechtete er aufs Bett zurück, setzte sich rittlings auf sie und reichte ihr das Etui, das er mit blausilbernem Papier umwickelt hatte.

»Ich hatte schon befürchtet«, sagte sie, bevor sie das Ding in ihrer Hand betrachtete, »du hättest beschlossen, mich für immer zu verlassen!«

»Öffne es«, drängte er, ungeduldig ihre Reaktion erwartend, »und sieh nach, was ich für dich habe!«

Ihr lag ein kleiner Scherz auf den Lippen, aber er starrte sie so begierig an, daß sie ihn verschluckte. Sein Humor war nicht so abrufbar wie ihrer, fiel ihr auf. Es war nicht seine Art, auch ernste Dinge locker zu nehmen. So waren aber nach ihren Erfahrungen die meisten Jungen, viele von ihnen hatten sogar überhaupt keinen Sinn für Scherze.

Die Perlen verblüfften sie. Eine Zeitlang wagte sie nicht sie anzufassen, sondern starrte sie nur in dem blausamtenen Kästchen an.

»Sie ... sind ... wunderschön, wunderschön«, hauchte sie. »Oh, fabelhaft. Aber, Dunc, sie sind echt, oder nicht? Dann müssen sie ... na, ein Vermögen gekostet haben? Oh, Dunc, sie sind phantastisch. Aber ...«

»Ich möchte sie dir jetzt umlegen«. Er hob ihren Kopf hoch und legte ihr die Kette so an, daß sie zwischen ihren Brüsten lag. Und dann küßte er abwechselnd die größten Perlen und ihre Brustwarzen. Als er sich zurücklehnte, um die Wirkung zu genießen, fielen ihm erstmals ihre Sommersprossen auf.

»Weißt du«, sprach er mit affektierter Werbefernsehen-Stimme, »daß die hohe Qualität dieser Perlen deine Haarfarbe in besonderem Glanz erscheinen läßt?«

Er hatte sich diesen Spruch gemerkt, doch dann fügte er in eigenen Worten hinzu: »Es hat wirklich einen rötlichen Ton, dein Haar. Hab' ich vorher nie bemerkt.«

Sie schob ihn bestimmt aber liebevoll zur Seite.

»Laß mich aufstehen und sehen«, sagte sie mit Nachdruck. »Ich bin ganz wild darauf, sie zu sehen.«

»Hey, ich bin es, der deinen Körper bewundern darf! Und das tu' ich auch. Ich meine, dein Körper ist . . . fabelhaft.«

»Blödmann. Die Perlen will ich ansehen, nicht das andere von mir.«

Als sie vor Suzies großem Spiegel stand, und die Halskette an die gewünschte Stelle brachte, fiel ihm auf, daß sie von hinten nicht weniger aufregend aussah, als von vorne. Er ging auf sie zu und zog sie an sich, während seine Hände auf ihren Brüsten lagen und seine Finger die Perlen streichelten.

Als sie sich wieder in Richtung Bett begaben, nahm Tina das lederne Etui auf und studierte es fast mit gleicher Sorgfalt wie zuvor die Kette.

»Sind das nicht, na, die weltberühmten Juweliere?« fragte sie sanft und deutete auf Namen und Adresse, die in Gold in das seidene Futter des Deckels geprägt waren. »Bei denen auch die königliche Familie einkauft?«

»Ich denke schon«, antwortete Neil betont lässig.

Er überlegte bereits, ob er die Wahrheit sagen sollte, wenn sie die unvermeidliche Frage stellten würde. Vieles hatten sie nun gemeinsam: und er war sicher, daß es so bleiben würde. Er wußte, daß das Miteinanderschlafen ihre Beziehung bereits verändert hatte: für beide war sie zu etwas Außergewöhnlichem geworden. Daran gab's für ihn keinen Zweifel. Alles in ihm drängte danach, mehr und noch mehr Gemeinsamkeiten mit diesem Mädchen zu haben, das ihn in jeder Beziehung erregte.

Verwundert fuhr sie fort: »Dann müssen sie ein Vermögen gekostet haben! Ich weiß, Fußballprofis sollen heutzutage unglaubliche Summen verdienen — na ja, die internationalen Stars zumindest, oder? . . .Aber, ich hätte einfach nicht geglaubt, daß du es dir leisten kannst, mir, oder wem immer, so etwas zu kaufen, Dunc. Ich bin . . . ich bin . . . einfach platt.«

»Ich hab' sie für dich beschafft, für dich allein«, sagte er leise. »Gekauft hab ich sie allerdings nicht.«

Sie stützte sich auf den Ellenbogen und starrte ihn aus nächster Nähe an. Sein eigener fester Blick hielt dem ihren stand.

»Wie . . . wie hast du sie dann bekommen, Dunc?«

»Ich hab sie für dich gestohlen.«

Sie starte ihn eine Weile wortlos an. Sein Gesichtsausdruck blieb unverändert.

»Spaß muß sein«, erwiderte sie, »guter Gag. Aber komm jetzt, Schatz, sag die Wahrheit.«

Er glaubte zu erkennen, daß sie die Wahrheit bereits zu begreifen begann. Trotzdem schien sie keineswegs entrüstet oder in Panik versetzt. Er war sicher, in ihren Augen immer noch Verwunderung zu erkennen.

»Ich habe sie aus einer schnieken Villa in Manchester, und niemand wird es erfahren«, sagte er im gleichen sachlichen Ton. »Ich hab das schon öfter gemacht, allerdings nicht so wertvolle Sachen wie diese Perlen. Nein, ich glaube nicht. Ich hab sie für dich beschafft, Tina, weil ich möchte, daß du etwas ganz Besonderes hast.«

Sie benötigte einen kurzen Moment, um zu reagieren.

»Wow! Und nochmal wow! Nie zuvor hat jemand sowas für mich getan. Ich glaube, das ist phantastisch. Das ist Heldentum, ja — Heldentum! Oh Dunc . . .«

Und sie beugte sich nach vorne, um ihn erneut zu küssen, ihn zu küssen und ihre Zunge dabei mit wachsender

Erregung in seinem Mund vibrieren zu lassen. Als er sich entspannte, legte sie sich auf ihn und liebkoste ihn aufs neue.

»Ich bin glücklich, daß du keine Probleme damit hast, Tina«, sagte er.

»Weshalb in aller Welt sollte ich?«

»Na ja, ich nehme an, manche Mädchen würden ...«

»Ich bin nicht manche Mädchen, ich bin ich!«

»Das ist super! Das ist es, was ich meine. Du bist anders. Deshalb konnte ich es dir erzählen. Ich habe ... ich habe es noch niemandem erzählt. Das ich gestohlen habe, meine ich.«

Sie zögerte kaum. »Dann geht es uns beiden gleich, Dunc«, erwiderte sie fast ohne zu zögern. »Ich habe noch keiner Menschenseele erzählt, das ich geklaut habe.«

»Du hast geklaut! Was? ... Wann? ... Wirklich?«

Sie nickte einige Male, erst schnell, dann langsam und nachdenklich.

»Es fing an, als ich ein Kind war, ein ziemlich kleines Kind eigentlich. Ich habe einfach immer irgendwas haben wollen, also nahm ich es mir. Auch dann, wenn ich es gar nicht wollte, wenn ich sowas schon hatte. Irgendwie komisch, nicht wahr?«

Sie erwartete keine Reaktion von ihm, doch er nickte zustimmend.

»Ich erinnere mich an das erste Mal: Es war nur eine Flasche Milch, auf der Treppe von den Nachbarn. Ich brauchte was zum Trinken, aber nur ein bißchen. Aber ich mußte die ganze Flasche mopsen. Also benutzte ich den Rest dazu, allen Katzen, die ich finden konnte, kleine Pfützchen zu servieren. Die meisten wußten es nicht mal zu schätzen, aber ich dachte, es sei eine tolle Idee — das dachte ich wirklich! Ich haßte diese Frau von nebenan sowieso. Immer beschwerte sie sich bei meiner Mutter über irgendwas, das ich getan hatte oder auch nicht. Alles Lügen, meistens. Sie war 'ne alte frustrierte Zicke, die Kinder nicht leiden konnte, weil sie selbst nie welche gehabt hatte.«

Tina hielt inne und strich gedankenverloren mit den Fingern durch sein Haar, streichelte ihn am Hals. Er wollte, daß sie mit ihrer Geschichte fortfuhr. Er war zu gebannt von ihren Enthüllungen, als daß er ihre Liebkosungen hätte erwidern können.

»In der Schule klaute ich, was mir gefiel, immer den Mädchen, die ich haßte — von denen, die mich beschimpften oder beim Lehrer verpetzten, wenn ich was Unerlaubtes getan hatte. Das war meine Art, mit ihnen abzurechnen, klar. Trotzdem erfuhren sie nie, wer es war. Ich machte eine richtige Kunst daraus, Dinge nach langem, geduldigem Warten völlig unbemerkt verschwinden zu lassen. Einmal war es sogar die Armbanduhr eines Mädchen namens Sharon, nur weil sie gesagt hatte, daß ich eine Niete in Rechtschreibung sei. Die einzige Gelegenheit, bei der sie ihre Uhr nicht trug, war beim Schwimmen. Also klaute ich sie ihr im Schwimmbad, um danach eine regelrechte Panik zu inszenieren — nun, ein Täuschungsmanöver, meine ich. Hinterher war's wirklich ein mordsmäßiger Gag, denn alle erinnerten sich an das Durcheinander, das Tohuwabohu, und niemand kam auf die Idee, die Uhr sei gestohlen worden — sondern einfach in der Panik verlorengegangen.

Ich hatte einem Mädchen, einem echten Plappermaul, erzählt, ich hätte in der Umkleidekabine eine Ratte gesehen — eine Wasserratte natürlich! — und sie, wie ich gedacht hatte, tratschte es sofort herum. Sie behauptete sogar, sie hätte sie selbst gesehen: sie war sehr leicht zu beeinflussen. Darauf rannten alle wild umher, schrien aus voller Kehle, grabschten ihre Kleider und zogen sich so rasch wie möglich an, um ja bald rauszukommen. Natürlich hatte ich längst schon Sharons Uhr von dort weggenommen, wo sie sie gut versteckt glaubte — eingewickelt in ihren Slip!«

Er lachte. »Das war wirklich sauber, wirklich gute Taktik, denke ich. Hat Sharon je herausgefunden, wo die Uhr geblieben ist?«

»Spinnst du! Niemand hat je herausgefunden, daß ich es war, die die Sachen wegnahm. Oder besser, die es arrangiert hat, daß sie verschwanden. Ich war immer äußerst vorsichtig, um sicherzugehen, daß ich weder gesehen noch verdächtigt wurde. Noch was: ich habe nie mehr als eine Sache von jemandem gestohlen, auch wenn es noch so leicht gewesen wäre. Ich war nie ... habgierig.«

»Und hast du nie deinen Eltern was geklaut ... oder jemand anderem in deiner Familie? Du hast wohl keine Geschwister?«

»Doch, hab ich: eine ältere Schwester. Aber sie ist verheiratet und lebt in Portsmouth. Wir haben uns nie vertragen — Schwestern, weißt du, kommen oft nicht miteinander klar. Na ja, ich habe ihren Lieblingslippenstift gemopst, den sie von ihrem damaligen Freund geschenkt bekommen hatte. Sie war tatsächlich die einzige, die mißtrauisch wurde, die überzeugt davon war, daß ich ihn geklaut hatte. Darüber kam's sogar zu 'nem richtigen Kampf zwischen uns, so richtig mit Augenauskratzen, Auf-dem-Teppich-Wälzen und so ... wegen ihren Verdächtigungen. Sie konnte natürlich nichts beweisen. Dafür hatte ich gesorgt. Ich bin das Ding auf ganz einfache Art wieder losgeworden, indem ich es auf der Main Road in den Kanalschacht hab fallen lassen.«

Neil wiegte den Kopf, schwankend zwischen Ungläubigkeit und Bewunderung. Was ihn am meisten verblüffte, meinte er, war die Ähnlichkeit zwischen Tina und ihm, obwohl er in der Schule fast nie gestohlen hatte und in seiner Familie überhaupt nicht. Aber Garry war auch jünger als er und kam nie als echter Rivale in Betracht — höchstens, wenn es um die Zuneigung der Eltern ging. Doch da machte sich Neil nichts vor, die hatte seiner Person nie gegolten.

»Das Witzige ist«, fuhr Tina fort und enthüllte etwas, das hauptsächlich ihre eigene Zufriedenheit steigerte, »ich hab niemals einem Jungen was gestohlen. Nicht aus Angst oder so. Eher umgekehrt, eigentlich, weil ich Jungs immer gemocht habe und . . .«

»Das kann ich mir vorstellen!« grinste er frech und küßte sie, ohne daß sie sich unterbrechen ließ.

» . . .und ich hab nie Konkurrenz empfunden. Ich nahm an, daß sie auf meiner Seite wären, wenn sie es jemals rauskriegen sollten, denn normalerweise hatten sie selbst auch was auf dem Kerbholz, etwas Dreistes, Kühnes, Gefährliches oder eben, na ja, was Freches. Aber nie etwas, was jemand anderen echt kaputt gemacht hätte. Es kam oft vor, daß ich lieber ein Junge gewesen wäre.«

Wie vorauszusehen sagte er ihr, wie froh er wäre, daß sie es nicht war.

»Du mußt ganz schön Mut gehabt haben, so was zu holen . . . diese Perlen, Dunc. Verdammt viel Mut. War jemand im Haus, als du drin warst?«

»Ich weiß es nicht genau. Schon möglich, daß jemand da war. Wahrscheinlich. Aber ich weiß es nicht genau, weil ich nicht hochgegangen bin. Vielleicht wäre ich nach oben gegangen, wenn nicht das Telefon geklingelt hätte — aber ich dachte, es sei besser zu türmen.«

»Was, das Telefon hat geklingelt? Ich dachte, es war mitten in der Nacht, als du dort warst. Oh, los, Dunc, erzähl mir alles. Ich will alles wissen!«

Sie lagen eng umschlungen, während er erzählte. Er war überrascht, wie selbstverständlich er diesem Mädchen die geheimsten Dinge seines Lebens erzählte; trotzdem war es weder eine Beichte noch Prahlerei. In gewissem Sinne war es nichts anderes, als das, was Liebende zu tun pflegen, wenn sie einander das Intimste anvertrauen. Es war ihr unausgesprochenes Einverständnis, was ihn am meisten beeindruckte.

»Wirst du es auch weiterhin tun?« fragte sie. »Ich meine, du bist sehr bekannt, nicht wahr ... Fußballer von Spitzenklubs sind berühmt ... und sollte jemals was schiefgehen, dann gäbe es einen Riesenskandal, Dunc.«

»Ich passe höllisch auf, genau wie du. Ich tu' alles, um sicherzugehen, daß ich nicht erwischt werde.« Er zögerte. »Ehrenwort, das hat absoluten Vorrang, wenn ich mein Ziel auswähle. Tatsache ist doch, daß die Leute verdammt sorglos sind. Sie ermuntern dich doch, dich zu bedienen. Aber ich bleibe völlig cool: ich tu's nur bei Auswärtsspielen, ich habe nichts bei mir, was mich verraten könnte, ich arbeite mit keinem zusammen — weißt du, etwa einem Hehler oder so, der das gestohlene Zeug verhökert. Ich bin so vorsichtig wie eine Katze, die ein neues Jagdrevier erforscht. Deshalb gibt's für die Leute keinen Schutz vor einem wie mir, keinerlei Chance. Ich bin drin und wieder draußen, bevor sie wissen, was passiert.«

»So wie du das erzählst, gehst du wegen dem Geld rein und weil es scharf ist? Hey, das ist nicht übel, oder? Ein Riesenspiel ... ein Schlagerspiel ... große Aufregung!« Er umarmte sie, umarmte sie so fest, daß sie ihn bitten mußte, den Griff zu lockern, obwohl sie nicht wollte, daß er sie losließ.

»Wenn ich nicht wüßte, daß es unmöglich ist, ich würde glauben, man hätte dich an einen Computer angeschlossen, der meine intimsten Gefühle enthält ... meine Motive, wenn du so willst«, sagte er in einer Mischung aus Freude und Verwunderung.

»Ja, ich kann das verstehen, weißt du, weil ich immer Spaß daran hatte, was ganz Besonderes zu klauen, vor allem dann, wenn ich zuvor unendlich viel Mühe hatte, es zu arrangieren. Als ich ein Kind war, glaubte niemand, daß ich zu irgendwas zu gebrauchen sei. Und ich schließe dabei alles ein, nicht nur Rechtschreibung, Mathe, Physik oder den anderen Schulkram. Na ja, da wollte ich halt beweisen, daß ich doch etwas konnte, sehr gut konnte. Also klaute ich Sachen, um mir zu beweisen, daß ich doch zu was fähig bin, oder um Aufmerksamkeit auf mich zu lenken, wenn du willst. Das Idiotische war nur, daß ich nicht zeigen durfte, was ich geleistet hatte, was ich geklaut hatte, oder? Das wäre das Ende gewesen, das Ende von allem ... und von mir.«

Sie stockte nachdenklich — doch offensichtlich war sie nicht sicher, ob sie es erwähnen sollte. Dunc könnte die Bemerkung vielleicht falsch auslegen, nachdem sie offensichtlich so viel gemeinsam hatten.

»Komm schon, du wolltest noch was anderes sagen«, hakte er nach und umschlang sie erneut so fest, daß sie kaum noch Luft bekam. »Was ist es, Tina?«

»Ach, nichts, nur daß ich glaube, daß ich ein Spätentwickler bin«, verriet sie. »Ich merke jetzt, daß ich als Kind nicht sehr gescheit war. Ich war schon lange in der Gesamtschule, bevor mich irgendjemand mal für irgendwas gelobt hat. Das war in Kunst ..., ich liebe es, irgendwas mit Papier zu machen, Malen, Zeichnen, das Erfinden von Mustern und Farben, das ist phantastisch. Dann fing ich an, mich für Schreibmaschineschreiben zu interessieren, war richtig scharf drauf ... dann Kochen: Ehrlich Dunc, ich könnte für dich ein Superessen machen. Wenn ... wenn du willst, meine ich ...«

»Das wäre toll«, stimmte er begeistert zu und hielt sie immer noch eng umschlungen. »Ich werde dir eine Liste mit den Sachen geben, die ich am liebsten mag, und dann kannst du auswählen, welches Menü du kochen willst, okay?«

»Okay, prima. Ich stell's mir als kleines Dankeschön für dieses wunderbare Geschenk vor. Ehrlich, jeder, den ich kenne, wird unheimlich neidisch werden, wenn ich diese Perlen zum ersten Mal trage. Ja ... besonders Mandy. Sie wird so neidisch sein, wenn sie erfährt, von wem ich es habe, daß sie vielleicht nie mehr mit mir spricht!«

Obwohl ihn das nicht sonderlich interessierte, fragte er: »Warum denn das?«

Tina lachte. »Na ja, ich glaube nicht, daß ich dir das erzählen sollte ..., es wird nur dein Selbstwertgefühl aufblasen, Dunc. Aber Mandy mag dich schon immer, seit sie dich zum ersten Mal im Team spielen sah.«

»Ach ja«, sagte er, nicht nur mit gespieltem Interesse. »Erzähl mir mehr.«

Sie knuffte ihn gegen die Schulter und küßte dann feierlich die Stelle, die sie gerade unsanft behandelt hatte.

»Na ja, das wird dich wieder etwas schrumpfen lassen — du hättest lieber nicht fragen sollen. Mandy ist auch in Ben Beeley verknallt ..., ziemlich stark sogar. In Wirklichkeit würde sie ihn gerne bemuttern. Ich glaube, sie fühlt sich von seiner ›Armer-kleiner-verlorener-Junge‹-Art angezogen.«

Neil grinste. »So, so, du kannst deiner Freundin Mandy ausrichten, daß Ben Beeley keineswegs ein armer kleiner Junge ist, wenn er nackt ist. Tatsache ist, daß er dort, wo's drauf ankommt, voll da ist.«

»Hoppla, das kann ich ihr aber nicht erzählen! Sie wird noch eifersüchtiger als sonst sein ..., und sie wird sich wundern, woher ich das weiß. So, wie ich Mandy kenne, wird sie gleich das schlimmste denken. Sie wird vermuten, daß Ben ...«

»Tina. Ich möchte nicht über andere Jungs reden ... oder über deine Freundin Mandy ... oder irgendwas anderes. Ich möchte nur über uns reden ..., deshalb sind wir hier. Deshalb und ...«

Dann küßten sie sich lange und innig und schliefen noch einmal miteinander; sie sprachen kein Wort mehr über irgendeinen anderen Jungen. Neil Duncanson war offensichtlich auch eifersüchtig — alle Männer wurden ihrer Erfahrung nach von Eifersucht geplagt. Bis jetzt entsprach er genau dem, wie sie sich einen Mann wünschte, und das wollte sie in keiner Weise gefährden. Sie war froh darüber, daß er nicht ihr erstes Telefonat erwähnt hatte, als sie mit Andrew herumgetollt hatte, einem Jungen, mit dem sie es nur bedingt ernst meinte und auf den sie gerne verzichten konnte, falls sich mit Neil Duncanson eine echte Beziehung entwickeln sollte. Andrew hatte Pickel, das Abitur und Sinn für Humor; Dunc besaß den Hauch von Welt und versprach Aufregung.

»Wann, glaubst du, wird Suzie zurückkommen?« fragte er schließlich.

»So gegen Mitternacht, meinte sie, aber sie wird sehr diskret sein; auch wenn sie früher zurückkommt, wird sie nicht hereinplatzen, ohne uns zu warnen.« Tina hatte ihm das schon einmal gesagt, war aber nicht überrascht, daß er alles ein zweites Mal überprüfte.

»Ich werde sowieso schon früher gehen müssen. Muß schon sehr früh aufstehen, um rechtzeitig ins Büro zu kommen. Weißt du, im Moment ist mein Rolls-Royce aus dem Verkehr, wird lackiert, psychedelic-rosa, also muß ich mit dem langweiligen Bus fahren. Es sei denn ...«

»Es sei denn was?«

»Oh, hm, es sei denn ... es sei denn, ich entscheide mich, zu Fuß zu gehen. Mach' ich manchmal, wenn das Wetter schön ist.«

Sie hatte sagen wollen: »Es sei denn, ein Freund nimmt mich mit«. Aber sie wollte keine Mißverständnisse. Eines Tages würde Dunc sie schon mit seinem Auto abholen, auch wenn ihre täglichen Wege sehr verschieden waren. Würde er dennoch kommen, dann aus heiterem Himmel, um sie zu überraschen. Das wäre sein Stil, und es würde sie freuen.

»Schau, willst du was essen?« fragte sie. »Suzie sagte, wir könnten uns bedienen, also können wir den Kühlschrank plündern. Du mußt hungrig sein, du hast viel Energie verbraucht!«

»Ja, ich hätte nichts dagegen«, stimmte er zu. »Übrigens hast du auch nicht nur dagelegen und nichts getan, oder?«

Sie teilten sich die Käsesandwiches und den Kaffee, während er ihr von den Köstlichkeiten erzählte, die er in Kühlschränken gefunden hatte. Jetzt, da er begonnen hatte, von seinen nächtlichen Expeditionen zu berichten, fand er es schwierig damit aufzuhören, obwohl ihm eine innere Stimme riet, alles für sich zu behalten. Tina lauschte aufmerksam und stellte nicht allzuviele Fragen. Nicht ein einziges Mal ließ sie anklingen, daß sie ihm nicht glaubte. Was auch gut war, denn bis zu diesem Zeitpunkt hatte er nur einmal gelogen. Er hatte ihr erzählt, er hätte nichts von seinen Eltern gestohlen, als er noch ein Kind war. Das war nicht wahr. Er hatte ihnen Geld gestohlen und Kleider, seinem Vater Werkzeug, seiner Mutter Pflanzen, manchmal mehrere auf einmal. Es konnte ihnen nicht verborgen bleiben, was da passierte und mußte sie auf ihn aufmerksam machen. Sie aber ignorierten ihn einfach weiter. So konnte es bei Tina nicht gewesen sein, da war er sicher. Jedenfalls konnte er sich nicht dazu überwinden, ihr das auch zu erzählen. In ihren Augen war er ein toller Bursche.

»Wenn du willst, werde ich aufräumen, während du dich anziehst«, bot er an. »Ich bin gewohnt, alles so herzurichten, als ob nichts angerührt worden wäre. Wenn Suzie merkt, daß wir keinen Schweinestall hinterlassen, dann wird sie uns wiederkommen lassen, oder?«

»Das wird sie sowieso, wenn sie hört, was ich ihr erzähle«, sagte Tina lebhaft und fügte, als sie merkte, daß noch was fehlte, hastig hinzu: »Natürlich, Dunc, werde ich ihr nicht unsere Geheimnisse verraten. Kein Sterbenswörtchen werde ich erzählen, niemandem.«

Er packte sie so heftig am Arm, daß es schmerzte. »Nein, das solltest du besser nicht«, sagte er mit schneidender Kälte. »Denn wenn du das tätest, wäre ich fertig mit dir, ich würde dich fertigmachen, einfach so.« Seine Hand sauste nach unten wie bei einem Karatehieb. Sie zweifelte keinen Moment daran, daß er's ernst meinte.

»Ich würde dich niemals verpfeifen, Dunc. Niemals, um keinen Preis!«

»Nein, ich denke auch nicht. Ich vertraue dir, Tina.« Er legte seine Hand auf ihren Po und schob sie sanft nach oben. »Geh und zieh deine Kleider an. Dann werde ich dich nach Hause fahren.«

Achtes Kapitel

Der gesamte Kader von Fleetville United tobte sich beim Spiel mit einem Tennisball aus, als Neil Duncanson ins Büro des Managers gerufen wurde. Er hatte keinen blassen Schimmer, weshalb der Boß ihn sprechen wollte, und es ärgerte ihn ziemlich, daß er mit etwas aufhören mußte, in das er sich mit viel Lust hineingekniet hatte. Gewöhnlich empfand er das Training als ziemlich eintönig, um nicht langweilig zu sagen; manchmal war es regelrecht nervtötend. Nur selten machte es richtig Spaß, fit zu werden und gleichzeitig seine technischen Fähigkeiten weiterzuentwickeln. So jedenfalls empfanden es die meisten Spieler, die unter dem einfallslosen Einerlei litten, das Curly Atterthwaites Training nannte.

An diesem strahlend klaren, kühlen Morgen, an dem die fernen Berggipfel mit Schnee gepudert waren, hatte Curly sich ein neues Spielchen ausgedacht. Der Zweck war, so erklärte er in seiner Jetzt-sage-ich-euch-mal-wie's-ist-Art, das Schießen ganz allgemein und insbesondere das Schießen mit dem Vollspann zu verbessern. Zu viele Torchancen waren in jüngster Zeit versiebt worden, erklärte er umständlich, weil der Schütze unkonzentriert war und den Ball nicht richtig traf. Also mußte was getan werden. Und das war's jetzt, also aufpassen, Jungs, hört genau zu, bei allem was ich sage, dann schießt ihr nie mehr daneben. Es war immer wieder die gleiche Leier.

Keiner rechnete mit was Neuem, geschweige denn etwas, das wirklich originell war, also hörten die Spieler ganz apathisch zu. Bis es dem einen oder anderen dämmerte, daß das hier verdammt viel besser war, als immer wieder und wieder den Ball aus verschiedenen Entfernungen und Schußwinkeln auf zwei Torhüter zu knallen.

Ein Tennisball wurde in die Mitte eines Spielfelds von vierzig auf zwanzig Metern gelegt, das durch Linien in vier Zonen aufgeteilt war. Zwei Mannschaften zu fünf Spielern stellten sich an den Grundlinien auf. Jeder Spieler hatte einen Ball am Fuß. Wenn das Spiel anfing, mußte jeder seinen Tennisball so fest er konnte in Richtung gegnerisches Team schießen. Zusätzlich zu dem eigenen Ball durften die Spieler auch die Bälle der Gegner, die in ihre Reichweite kamen, benutzen. Der Schiedsrichter, natürlich Curly höchstpersönlich, notierte es jedes Mal, wenn ein Tennisball getroffen wurde; ein Treffer war gleich einem Punkt. Schaffte man es aber den Ball über die zehn Meter entfernte Linie zu treten, gab es drei Punkte.

»Das kommt mir wie ein Weihnachtsgeschenk zum falschen Zeitpunkt vor«, kicherte Jimmy Wager, nachdem er es geschafft hatte, den Ball zweimal hintereinander zu treffen. »Curly ist da wirklich mal was eingefallen.«

»Sei doch nicht dumm«, maulte Jason Oliver, der es zum wiederholten Mal nicht fertiggebracht hatte, den Ball überhaupt zu treffen. »Das ist ein viel zu witziges Spiel, zu verzwickt, als daß unser guter alter Atterthwaite darauf gekommen sein könnte. Außerdem ist es gut für Stürmer, nicht für Innenverteidiger; und Curly hat nie im Leben gewußt, wie man angreift, außer mit dem Mund!«

Der Trainer konnte ihn nicht hören, weil er gerade auf die ganz sanfte Tour mit Rocco schimpfte, dem kalt war, und der deshalb keine Lust hatte mitzumachen. Für ihn war das ein Spiel für den Kindergarten. Außerdem hatte er, wie immer wenn es kalt war, Heimweh nach Turin. Neil Duncanson hatte seinen Spaß. Es gefiel ihm, daß mal etwas anderes gemacht wurde, und er war einer derjenigen, denen Curly nicht zigmal sagen mußte, daß sie mit beiden Beinen schießen sollten, statt nur mit dem bevorzugten Schußbein. Einer der Gründe, weshalb er im Jugendfußball so erstaunliche Fortschritte gemacht hatte, lag darin, daß er mit beiden Füßen gleich gut spielen konnte. In der Grundschule hatte er stundenlang auf dem Schulhof geübt und den Ball mit einem Fuß gegen die Wand geschossen und den zurückprallenden Ball mit dem anderen angenommen, und dabei immer links und rechts gewechselt. Es wurde so monoton, daß keiner mehr mit ihm spielen wollte, doch Dunc machte das nichts aus. Er hatte Ehrgeiz, die anderen nicht. Er hatte eine Möglichkeit gefunden, seine mangelnde Körpergröße auszugleichen: er sollte der perfekteste und ehrgeizigste Spieler jeder Mannschaft werden.

»Ich weiß nicht, weshalb ich das hier mitmache«, beschwerte sich Gareth Rickerby bei Dunc, als ein verirrter Ball auf ihn zurollte und er sich in Schußposition stellte. »Ich meine, ich sollte meine Fähigkeiten als Torhüter verbessern und nicht so rummurksen. Was hat das für 'nen Sinn, daß ich diese ganze Kickerei mitmache?«

Eine Antwort hatte er gar nicht erwartet, doch Dunc gab ihm eine.

»Weil du eines Tages vielleicht einen verletzten Arm oder sonst was hast und draußen spielen mußt, wenn wir schon ausgewechselt haben«, kommentierte er gelassen.

»Na ja, dich würden sie gewiß nicht zwischen die Pfosten stellen — du bist nicht groß genug«, kam es bissig zurück.

Neil grinste nur. »Tja, wenn der Boß dich irgendwann mal aus der Mannschaft nimmt, wirst du hier genug

Selbstbewußtsein getankt haben, um als Verteidiger ein Comeback zu feiern. Das ist doch was, oder?« Gareth antwortete nicht, sondern trat den Ball kerzengerade in die Luft statt in die richtige Richtung.

Natürlich bekam Curly diesen grandiosen Fehlschuß mit. Genau in dem Augenblick, als er Gareth sagte, was ihm blühe, wenn es sich nicht unverzüglich an die Arbeit mache, traf der Geschäftsführer in der ungewöhnlichen Rolle des Laufburschen bei den Spielern ein. Mr. Goodare wollte Neil Duncanson sofort in seinem Büro sprechen.

»Natürlich, natürlich«, sagte Curly dienstbeflissen, sehr beeindruckt von der Art, wie die Nachricht überbracht wurde. »Mach dich rüber, Dunc, so schnell du kannst.«

»Wissen Sie, um was es geht, Mr. Dawson?« fragte Neil, als er mit dem Geschäftsführer in gemächlichem Tempo zum Hauptgebäude ging. Das Büro des Managers lag am Ende eines langen Ganges unter der Haupttribüne.

»Nicht die geringste Ahnung. Ich hab Tony gegenüber nur gesagt, daß ich rausgehen würde, um etwas frische Luft zu schnappen — finde immer, daß ein Hauch Frost wunderbar geeignet ist, um irgendein altes Problem zu lösen, das einen quält — da meinte er, er wäre mir dankbar, wenn ich dir sagen würde, daß er mit dir reden will. Mehr weiß ich auch nicht, junger Mann.«

Neil hatte keine Ahnung, weshalb er kommen sollte. Er war in den letzten Spielen in ausgezeichneter Form gewesen und hatte auch noch ein weiteres Tor im Spiel gegen Ipswich geschossen, das seine Gesamttrefferquote der Saison auf drei erhöhte.

Soweit er sich erinnern konnte, hatte er auch nicht gegen die Disziplin oder gegen den Klubkodex für Spieler (so hieß das wirklich) verstoßen. Erst als er den Kabinengang entlanglief, an den Umkleideräumen vorbei, kam es ihm in den Sinn, daß jemand mit einem Transferangebot an den Klub herangetreten sein könnte.

Er war von diesem Gedanken so gepackt, daß er plötzlich anhielt. Den Verein wechseln! Nun, das war es, was er eines Tages wollte, aber — jetzt?

»Stimmt was nicht, Neil?« fragte der Geschäftsführer mit einem Tonfall, der aufrichtige Sorge ausdrückte.

»Oh, nein — nein, Mr. Dawson. Mir ist nur gerade was Komisches durch den Kopf gegangen, das ist alles.«

»Das kannst du dann Mr. Goodare erzählen«, kam es trocken zurück. »Sein Sinn für Humor verläßt ihn von Zeit zu Zeit, weißt du.«

Neil lachte pflichtbewußt und bog in den Gang zum Büro des Managers ein. Jetzt, da er den mutmaßlichen Grund der Vorladung erraten hatte, wollte er diese Perspektive genießen. Welcher Klub würde es wohl sein. Everton, hoffte er. Ihr Blau war die Farbe, die er stets bevorzugt hatte. Arsenal, trotz der roten Trikots, war eine weitere Möglichkeit. Sie waren zwar im Moment nicht allererste Klasse, aber das würde sich sicher wieder ändern. Und London: London würde ihm Spaß machen. Das war genau seine Kragenweite. Tina würde sicher mit ihm kommen. Sie würden endlich ihre eigene Wohnung haben. Aber auch wenn sie aus irgendeinem Grund nicht mitkommen konnte, oder wollte, ... naja, London war voller Mädchen. Chelsea FC? Ja, Chelsea könnte wirklich ideal sein ...

»Komm rein«, rief der Boß, nachdem er seinen Besucher wie gewöhnlich ein paar Augenblicke hatte warten lassen. »Ah, Dunc, gut dich zu sehen, gut dich zu sehen.«

Es klang, als hätten sie sich wochenlang nicht gesehen. Aber der Manager schätzte es, sich ganz behutsam in Situationen hineinzubegeben, auch wenn sie für ihn alltäglich waren. Neil suchte nach Anhaltspunkten für seine Annahme, konnte aber keine finden. In seiner Phantasie hatte er mit einem Brief gerechnet, mit dem Briefkopf ›Everton Football Club‹ in stolzen blauen Lettern, den der Manager sorgfältig prüfen würde. Aber selbstverständlich würden die zunächst nicht schreiben, oder? Geschäfte im Fußball wurden immer am Telefon abgewickelt, von Manager zu Manager, so daß sie auch über alles andere als nur das Geschäft quasseln konnten. Einige Manager gaben mehr Geld für Telefongespräche aus als für Spielereinkäufe.

»Nun, mein Sohn, kannst du dir denken, weshalb ich dich gerufen habe?« fragte Tony Goodare auf seine typisch onkelhafte Art.

Dunc schüttelte den Kopf. Es war Aufgabe vom Boß, seinen Spielern die anstehenden Dinge darzulegen und nicht mit Ratespielchen die Zeit zu vertrödeln. Neil würde ihm nicht die Arbeit abnehmen. Aber es mußte was Gutes sein, denn sonst hätte Goodare die Zeit nicht so vertan: er hätte seine Vorwürfe herausgehämmert wie ein Maschinengewehr.

»Also, nur für den Fall, daß du dir Sorgen machst, mein Sohn, kann ich dich beruhigen: es ist nichts Negatives, nichts, woran ich etwas auszusetzen habe. Vielmehr wünschte ich, ich hät' nur Profis wie dich, bei denen ich mich darauf verlassen kann, daß sie im richtigen Moment das Richtige tun, die keinen Ärger machen — weder auf dem Spielfeld noch anderswo; und die verdammt guten Fußball spielen, wenn's drauf ankommt, draußen auf dem Rasen, die immer gewinnen wollen, die heiß darauf sind zu gewinnen. Ja, von denen gibt es nie genug.«

Jetzt war Neil überzeugt, daß es ein Kaufangebot gab. Goodare hatte bestimmt wieder mit jemandem sein altes Spiel getrieben, nur um die Transfersumme in die Höhe zu treiben: dieser Junge ist gut, ein Musterprofi, großartig, kostet keinen Pfennig weniger als eine halbe Million Pfund — na ja, jetzt komm schon, Colin, wir einigen uns auf 300.000. In diesem Moment würde der Boß anfangen, sich einen abzuwürgen, wie er es hassen würde, ein so vielversprechendes Talent zu verlieren, aber — selbstverständlich — er denke nur an das Beste für den Spieler und dessen Aussichten bei einem großen, wohlhabenden Klub — und so weiter — und so weiter.

»Dunc, hast du jemals eine Mannschaft geführt?«

»Äh, nein — ich denke nicht, Boß. Ich meine, ich kann mich nicht mehr erinnern an die Zeit, als ich noch ein kleiner Schuljunge war, aber ich glaube nicht, daß ich jemals Kapitän war.« Er zögerte und sagte dann grinsend: »Bester Spieler, vielleicht, aber ...«

»Nun, von jetzt an wirst du Kapitän von Fleetville United sein. Ich ernenne dich zum Mannschaftskapitän. So Dunc, was hältst du davon, eh, mein Sohn?«

Es war die unerwartetste Entwicklung in seiner Laufbahn, und Neil wußte wirklich nicht, was er sagen sollte. Seine wirklichen Ambitionen hatten die Kapitänswürde niemals eingeschlossen. Trotzdem betrachtete er es als Auszeichnung.

»Ja, Boß, das ist schon eine große Überraschung. Ich meine, ich weißt nicht, ob ...«

»... ob du der Sache gewachsen bist, wolltest du sagen? Mein Sohn, das ist meine Entscheidung. Ich weiß, daß du der zweitjüngste Spieler in der Mannschaft bist, aber das ändert meine Einschätzung nicht. Wenn du gut genug bist, dann bist du auch alt genug; und ich denke, du bist gut genug. Und da es Sim Saxton zu neuen Weiden zieht, brauche ich jemanden, der als Vorbild dient. So bin ich auf dich gekommen, Dunc. Du spielst gut, du bist scharf auf den Ball, du hast positiven Einfluß auf deine Umgebung.«

Der Manager zögerte, machte jedoch nicht den Eindruck, als erwarte er, daß der Spieler einen Kommentar abgab. Deshalb wartete Neil, was als nächstes kommen würde.

»Ich brauche einen Mannschaftsführer, der nicht mit der Meute rennt — ich brauche einen Mannschaftsführer, der nicht einer Clique angehört, und du erfüllst diese Erwartungen, Dunc«, fuhr Tony Goodare fort und brachte wieder ein Mal die Metaphern aufs prächtigste durcheinander. »Du bist ein bißchen ein Einzelgänger, Dunc, und das ist es, was ein Team braucht: einen, der alles etwas aus der Distanz betrachtet und mitkriegt, was um ihn herum passiert. Natürlich wird das mit einer kleinen Gehaltsaufbesserung verbunden sein, klar?«

»Oh, ja, danke, Boß ...«

»Gut, gut, das wäre dann also geregelt. Deshalb habe ich dich kommen lassen, weißt du. Kapitän einer Liga-Mannschaft zu sein, ist eine große Ehre in der Laufbahn jedes Spielers. Deshalb kann das nicht irgendwo übergeben werden. Das Büro des Managers ist der einzig passende Ort.«

»Richtig, Boß.« Neil war nicht sicher, ob dies tatsächlich der richtige Ort war oder nicht, aber es war nicht der richtige Moment, um dies in Frage zu stellen.

» Aber nun sollen es die anderen auch erfahren, eh?« fuhr der Boß salbungsvoll fort, stand auf und freute sich über seine Idee. »Deshalb werde ich jetzt mit dir zum Training zurückgehen und es bekanntgeben. Meiner Meinung nach werden alle hocherfreut sein. Sie respektieren dich, Dunc. Und das ist wichtig, sehr wichtig.«

Sie waren noch einige Meter von der Mannschaft entfernt — die noch immer mit dem Tennisball-Spiel beschäftigt war — als Goodare noch was anderes einfiel:

»Da ist noch eins, Dunc: Publizität. Einen ordentlichen Brocken davon wird es für dich in den nächsten

Tagen wohl geben, weil wir eine Presse-Mitteilung gemacht haben. Es ist jedem klar, daß du einer der jüngsten Mannschafts-Kapitäne im Land sein wirst — von einem der Spitzenklubs sowieso. Also werden die Jungs von der Presse sicherlich ihre Geschichten wollen. Sie werden dir nachstellen. Aber du wirst das schon schaukeln, da bin ich mir sicher. Sag genug, um sie bei Laune zu halten — aber nicht zuviel, um sie nicht heiß zu machen, eh!«

»Okay«, antwortete Dunc und versuchte, über jeden Zweifel erhaben zu wirken.

Curly hatte bemerkt, daß der Boß nähergekommen war, und sobald Goodare andeutete, daß er was sagen wollte, blies der Coach in seine Trillerpfeife.

»Gut, Jungs«, sagte der Boß. Mit seinen kreisenden Armbewegungen wirkte er wie ein Marktbudenbesitzer, der eine Menschenmenge anlockt. »Hierher, ich will euch was bekanntgeben ...«

Neil hatte gehört, wie das Telefon klingelte, dachte aber nicht, daß der Anruf für ihn sein könnte. Er lag auf seinem Bett und las ein Sportmagazin, als Garry an seine Tür klopfte und brüllte: »Komm aus der Falle, Neil, die Presse ist hinter dir her. Wirst noch berühmt werden. Vergiß nicht, ein Wort für mich einzulegen!«

Ohne Hast schwang Neil seine Beine vom Bett und suchte nach seinen Turnschuhen. Ein Zeitungsmensch hatte bereits angerufen, und er hatte gedacht, das wär's gewesen. Zum Kapitän ernannt zu werden war keine große Story, auch nicht für eine Lokalzeitung. Allerdings wußte er nicht, wie arm an Nachrichten die Fußball-Welt an diesem Tag war. Die kleinste Meldung war immer noch besser als gar keine: und die Story mit ihm konnte man jederzeit fallenlassen, wenn sich irgendwo was Größeres tat.

»Werden die dich jetzt die ganze Zeit anrufen?« wollte Garry wissen. Er konnte seine Aufregung über die Aufmerksamkeit, die man der Familie widmete, nicht ganz verbergen.

»Kaum anzunehmen«, antworte Neil, während er auf dem Treppenabsatz an seinem Bruder vorbeidrängte. Aber diesmal war keine Schärfe in seiner Stimme, als er mit Garry sprach. Das hatte seine Gründe, denn Garry war nicht in Neils Zimmer gestolpert, ohne deutlich dazu aufgefordert worden zu sein.

Neil wäre lieber gewesen, den Anruf im Schlafzimmer seiner Eltern entgegenzunehmen, aber das war nicht erlaubt, solange sein Vater im Haus war. Und er war nicht überrascht, daß die Wohnzimmertür ganz zufällig nur angelehnt war (ohne Zweifel von Garry), so daß das Gespräch mitgehört werden konnte. Er hielt es aber für Unsinn, hinzugehen und die Tür zu schließen. Schließlich würde ein Geplauder mit einem Journalisten kaum geheim bleiben.

»Hallo, Dunc, freu' mich, dich am Telefon zu haben. Hier ist Christopher Crossland-Moore vom Herald. Wollte nur wissen, ob wir einen Kommentar zu der Geschichte mit der Kapitänsrolle haben können — weiß du, wie dir zumute ist, die Regie zu übernehmen bei so vielen älteren Spielern — und solche Sachen ...«

Neil entledigte sich der Antworten mit Routine; es fiel ihm besonders leicht, weil der alte Chriscross, wie die meisten Spieler ihn nannten, nicht zu der Sorte von Leuten gehörte, die schwierige Fragen stellten. Er machte seinen Job so ehrlich und ehrenhaft wie möglich und griff niemanden an. Darum war jeder bereit, mit ihm zu reden. Erst nachdem er den Hörer aufgelegt hatte, fiel Neil ein, daß er vielleicht ein Honorar für das Interview hätte verlangen sollen. Er hatte von vielen Spitzenspielern gehört, daß sie Gelder kassierten, wenn sie zur richtigen

Zeit was erzählten. Aber irgendwie bezweifelte er, ob die flüchtige Unterhaltung, die er soeben geführt hatte, eine Bezahlung wert gewesen war. Dennoch würde es sich lohnen, bei nächster Gelegenheit mit einem anderen Team-Kapitän darüber zu reden. Das könnte nächste Woche in Bristol der Fall sein: Am Samstag, nach dem Spiel in Ashton Gate gegen City. Fleetville United würde über das Wochenende dort bleiben, denn am Montagabend hatten sie ein Pokalspiel in den Midlands. Sonntag würde sicher frei sein, und nur Montagmorgen würde ein leichtes Training in Ashton Gate stattfinden. Also würde man wahrscheinlich am Wochenende ein bißchen Kontakt mit dem Gegner pflegen können.

Er sah ins Wohnzimmer, um in Erfahrung zu bringen, ob das Abendessen fertig war, und zog ohne es zu wollen den Blick seines Vaters auf sich.

»Machst also Karriere in der Welt, oder?« forschte sein Vater mit einem schiefen Grinsen. Neil reagierte auf den spöttischen Unterton überhaupt nicht mehr. Sein Vater war immer so.

In diesem Moment kreuzte seine Mutter mit einer Suppenschüssel im Eßzimmer auf, so daß er sich nicht mehr so ohne weiteres verdrücken konnte. Er setzte sich auf die Seitenlehne eines Stuhls und starrte, ohne etwas anderes wahrzunehmen, auf die Hände seines Vaters, diese verfärbten Daumen, diese stochernden Finger, die unaufhörlich mit der Pfeife und dem Tabaksbeutel spielten.

»Du hast natürlich mitgehört, als ich am Telefon war?«

»Ist doch gar nicht nötig, oder? Steht doch alles in aller Ausführlichkeit auf der letzten Seite der Zeitung. Die müssen knapp an Neuigkeiten sein, wenn sie aus sowas Schlagzeilen machen müssen.«

»Du liest das also tatsächlich?«

»Das hab ich nicht gesagt! Ich habe nur zufällig gehört, worüber einige Leute gesprochen haben. Da gibt es ja immer welche, die glauben, daß Fußball wichtig ist. Schwachsinnig!«

Neil stand auf und ging hinüber zum Eßtisch. Oft wurde er erst beim Anblick von Speisen hungrig. Normalerweise war sein Appetit nicht übermäßig. Er griff nach einer gerösteten Kartoffel. Sie war heißer als erwartet, und er ließ sie beinahe fallen.

»Du wirst jetzt also mehr Geld bekommen?«

»Das ist meine Angelegenheit«, sagte Neil mit dem Rücken zu seinem Vater.

»Nicht nur deine, Neil, nicht nur deine! Es ist auch meine Sache — meine und die deiner Mutter. Solange du in diesem Haus bist, in unserem Haus, ist es unsere Sache.«

Garry, der in der Küche geholfen hatte, eilte herbei, um sich einen günstigen Platz zu verschaffen. Er witterte die kleinsten Anzeichen eines sich anbahnenden Krachs. Alle diese Streitigkeiten hatten dieselben Ursachen, trotzdem war Garry von ihnen gefesselt. Er konnte sich nicht vorstellen, daß er jemals in einen solchen Schlagabtausch mit seinen Eltern geraten könnte.

»Man bekommt kein extra Geld dafür, Kapitän zu sein«, erklärte Neil eher milde. »Es ist eine Ehre. Das kannst du dir vielleicht nicht vorstellen ...«

»Quatsch, selbstverständlich wirst du mehr Geld bekommen!« beharrte sein Vater. »Ist doch klar. Sie können nicht von dir verlangen, daß du etwas extra tust und dich nicht dafür bezahlen. Kein Geschäft läuft heute so.«

Jetzt, nachdem seine Mutter mit dem Hauptgericht hereingekommen war, setzte sich Neil auf seinen gewohnten Platz und bediente sich — Hähnchen, Gemüse und eine weitere Portion geröstete Kartoffeln. Wenn er aß, würde niemand von ihm erwarten können, daß er nebenbei auch noch sprach: Gerade sein Vater hatte das vor vielen Jahren zur Regel gemacht. Aber der große Meister behielt sich natürlich das Privileg vor, diese Regel jederzeit zu brechen.

»Wenn du kein zusätzliches Geld für zusätzliche Arbeit bekommst, solltest du es verlangen«, fuhr Mr. Duncanson fort, als Neil stumm blieb. »Und wenn du es bekommst, wirst du das Notwendige tun und deiner Mutter einen Anteil geben. Es kostet viel Geld, heutzutage heranwachsende Jungs zu ernähren und unterzubringen, frag sie nur.«

Auch ohne daß sie einander anschauten, wußten Neil und seine Mutter, was der andere dachte. Dies war ein Thema, worüber unendlich viele Male gestritten worden war, so daß keiner von beiden den Wunsch nach noch mehr Auseinandersetzungen spürte. Mr. Duncanson freilich konnte diese Einstellung nicht teilen; entweder verstand er sie nicht, oder er ignorierte ihre Empfindungen und trieb beide ständig zu weiteren Streitereien an.

»Also, wenn du nicht zahlen willst, weißt du, was du dann tun kannst, Neil?« fügte er unerbittlich hinzu, wobei er sich merklich in Wut steigerte, »du kannst abhauen und dir was anderes suchen, etwas, das deinen Vorstellungen entspricht, wo du kommen und gehen kannst, wann und wie du willst, zu jeder Tages- und Nachtzeit, und dafür das absolute Minimum zahlst.«

Die Pause diente dazu, den Effekt noch zu steigern, obwohl es in so einer Situation niemals einen gab.

»Das heißt, wenn du etwas finden kannst — etwas, wo du so gut wegkommst wie hier mit dem, was du deiner Mutter zahlst für alles, was sie für dich tut. Und wenn du gehst, das will ich dir sagen, wird keiner dich vermissen, nein, beileibe nicht.«

Mrs. Duncanson blickte zu ihrem Mann hinüber, ohne eine Gefühlsregung erkennen zu lassen.

»Iß weiter, Ivan, dein Mittagessen wird kalt.«

»Ich mag diese Wohnung, wirklich, ich mag sie«, sagte Tina. »Ehrlich, Suzie hat es gut, so eine Wohnung zu haben. Wenn nur ...«

Neil brauchte seine Augen nicht zu öffnen, um zu wissen, daß sie sich im Schlafzimmer umschaute und jedes Möbelstück, das sie sah bewundernd und begehrlich betrachtete. Sie mochte es, auf ihm zu liegen, nachdem sie miteinander geschlafen hatten, und über irgendwas zu reden, was ihr gerade in den Kopf kam. Sie sagte, nie in ihrem Leben habe es eine Zeit gegeben, wo sie lockerer gewesen war und sich mehr im Frieden mit der Welt gefühlt habe als jetzt. Noch nie war sie glücklicher gewesen.

»Wenn nur was?« half er nach, obwohl er die Antwort ahnte.

»Wenn wir uns nur keine Wohnung ausleihen müßten, Dunc. Ich meine, ich bin Suzie schrecklich dankbar, daß sie uns ihre Wohnung montagabends überläßt — und die anderen Abende in den letzten Wochen haben wir auch was gefunden. Aber, nun ja, es wäre doch wundervoll, wenn wir bloß mal was Eigenes hätten. Oh, sieh mal, Dunc — Entschuldigung, ich mache keine Anspielungen, wirklich nicht, ich ...«

»Macht nichts. Werd nicht nervös. Ich hab mir ja auch Gedanken gemacht — ähnliche Gedanken gemacht — aber noch nicht wirklich was getan. Ich meine, ich hatte schon immer vor, eine eigene Wohnung zu nehmen, wenn es mir paßt. Seit vergangener Woche denke ich daran, die Sache voranzutreiben.«

»Was, weil sie dich zum Kapitän gemacht haben und du für Fernsehen interviewt worden bist? Ich dachte ...«

»Nein, nein! Das hat damit nichts zu tun, wirklich nicht. Das Ding im Fernsehen war nur Glück, weil die Kameras zufällig in Fleetville standen — sie müssen manchmal Zweitligaspiele zeigen, weißt du.« Er biß sich auf die Lippe und war einen Augenblick lang still. »Nein, aber ich denke, die Sache mit dem Mannschaftskapitän hat was ausgelöst. Mein Vater fing wieder damit an, über Geld und meinen Lebenswandel und solche Sachen herzuziehen — verdammt nochmal, als ob das was mit ihm zu tun hätte. Ich bezahl meine Sachen, hab ich immer getan. Ich will keine Gefälligkeiten, am wenigsten von ihm.«

»Hast du dich nie mit deinen Eltern verstanden?« fragte sie sanft.

»Niemals! Und ich könnte es auch niemals. Niemand käme mit denen zurecht, weil sie sich für nichts als sich selbst interessieren. Garry ist gut für alles, was sie ihm geben können — weil das nichts ist.«

»Also — wenn du ausziehst in eine eigene Wohnung, dann können sie dich auch nicht mehr anmotzen. Werden sie dich nicht vermissen, oder so?«

»Nicht die Bohne. Alles, was sie vermissen werden, ist das Geld, das ich für meinen Lebensunterhalt bezahlt habe. Und wenn ich meine eigene Wohnung habe, werden sie niemals zu Besuch kommen, da bin ich mir ganz sicher!«

»Dunc, so darfst du nicht denken! Ich meine, sie sind deine Eltern, und sie werden wissen wollen, wie du zurechtkommst.«

Er schüttelte heftig den Kopf. »Ich sage dir, Tina: sie werden nicht kommen, weil sie nicht kommen wollen. Sie sehen das genauso wie ich. Ich habe dir gesagt, daß ich sie sehr gut kenne, weil ich sie intensiv studiert habe.«

Es war das längste und ausführlichste, was er über seine Familie gesagt hatte, seitdem sie zusammen waren.

Von Zeit zu Zeit hatte er ein paar Bemerkungen über Garry und dessen geschäftliche Ambitionen gemacht, doch über seine Eltern hate er so gut wie nie ein Wort verlauten lassen. Tina fand, weil sie mit ihren Eltern gut auskam, Neils Verhalten manchmal schwer verständlich. Mittlerweile war ihr klargeworden, daß er für Vorschläge, die Atmosphäre zuhause zu verbessern, nicht zugänglich war. Neil Duncanson ging seinen eigenen Weg und würde vom eingeschlagenen Kurs für nichts und niemanden abweichen. Doch ernsthafte Sorgen machte ihr das nicht. Klar war nur, daß sie sich nichts sehnlicher wünschte, als ihre Beziehung mit ihm fortzusetzen. Bevor sie Neil getroffen hatte, hätte sie es nie für möglich gehalten, daß ein Junge — im Bett, aber auch außerhalb des Bettes — so rücksichtsvoll sein konnte — und so großmütig. Ihre einzige Angst bestand darin, daß sie ihn eines Tages verlieren könnte.

»Falls — wenn — du was Eigenes hast«, begann sie vorsichtig, »wirst du dann alleine glücklich sein? Ich meine, so ganz alleine mit allem zurechtkommen?«

Er warf ihr einen betont berechnenden Blick zu. »Werde ich denn alles alleine tun müssen?«

»Na ja, ich würde gerne anbieten, einiges für dich zu tun — du weißt das, Dunc — aber die meiste Zeit, die meiste Zeit, nun ja . . .«

»Die meiste Zeit? Du könntest die ganze Zeit da sein, oder?«

Ihr Herz schlug rasend. Er mußte es ganz sicher merken, denn sie lagen eng umschlungen aufeinander. Trotzdem war sie nicht sicher, was er meinte.

»Ich weiß nicht genau, was du meinst, Dunc.«

»Du könntest doch miteinziehen und bei mir leben — wenn du willst. Warum sollen wir nicht zusammenziehen?««

Sie atmete aus, langsam, hielt den nächsten Atemzug an. Er streichelte ihre Schultern, machte Sommersprossen ausfindig und rieb sie mit dem Zeigefinger, als wollte er versuchen, sie wegzureiben: abgesehen davon liebte er diese Sommersprossen, egal wo sie auftauchten. Dann fuhren seine Finger durch ihre roten Locken, bevor er ihren Kopf zu sich zog und sie küßte.

»Ich fände das toll, Schatz.«

Sie war klug genug, ihre Eltern nicht zu erwähnen, oder was sie von so einer Aussicht hielten.

»Ich will was ganz Besonderes, was Besseres als das, wo und wie ich bisher gelebt habe. Ich werde die ganze Kohle zusammenkratzen, wenn es sein muß, um wirklich aus jedem Zimmer was Besonderes zu machen.«

»Dunc, ich hab ein bißchen was bei einer Bausparkasse, und ich kann es nehmen ...«

»Nein, Tina! Ich will dein Geld nicht. Ich kann das alles selbst bezahlen. Ich habe seit ... na ja, seit langer Zeit Geld zurückgelegt. Du weißt das. Alles, was ich normalerweise bei meinen nächtlichen Aktionen mitnehme, ist Bargeld. Und ich hab nie was davon ausgegeben. Irgendwann, eines Tages ... nachts, meine ich, werde ich ein dickes Bündel Geld finden. Tausend, Zweitausend oder vielleicht noch mehr. So wird es sein.«

Sie umklammerte ihn mit ihren Beinen.

»Das macht mir Sorgen, weißt du, Dunc, große Sorgen. Weil ...«

»Das soll es nicht, Tina. Ich hab dir von all den Vorsichtsmaßnahmen erzählt, die ich treffe. Ich laß mich nie auf Risiken ein. Du hast doch auch nie Risiken auf dich genommen, oder? Ich bin genauso. Und diese Woche, Samstag oder Sonntagnacht, wenn ich in Bristol bin, werde ich was Besonderes für dich beschaffen. Wirklich Besonderes. Noch besser als diese Perlen.«

»Dunc, ich brauche sonst nichts. Ich will nur dich.«

»Es wird gewaltig sein in Bristol, ich kann es fühlen.« Er grinste. »Hey, komm, dreh dich um.«

Sie ließ sich an seine Seite gleiten und begann, ihn zu liebkosen.

»Ich will dich, Tina«, sagte er eindringlich. »Ich brauche dich.«

Neuntes Kapitel

Neil starrte angestrengt auf das Leuchtzifferblatt seiner Armbanduhr. Die Zeit schien verblüffend schnell zu verrinnen. Wenn er tief in der Nacht alleine unterwegs war, auf der Pirsch nach lohnenden Objekten oder bereits in einem Haus ›bei der Arbeit‹, dann vergingen die Minuten normalerweise recht langsam. Er brauchte sich niemals abzuhetzen. Nicht nur, daß er noch kein geeignetes Grundstück gefunden hatte, eins, das vielversprechend aussah und leicht zu erschließen war. Er war wesentlich später losgezogen, als er beabsichtigt hatte. Nach ihrem Sieg über Bristol City in Ashton Gate am Nachmittag, der völlig unerwartet zustandekam, war das Team in Feierstimmung. Sogar Tony Goodare war heiß darauf, sich ein paar Drinks zuzuführen; und weil die ganze Mannschaft über das Wochenende im Hotel blieb, war er in der glücklichen Lage, ›beide Augen auf euch Jungs‹ zu werfen, wie er sich auszudrücken pflegte. Nichts machte den Boß seliger, als sich nach einem kniffligen Auswärtsspiel ›mit den Punkten aus dem Staub zu machen‹. Er habe das Gefühl, verkündete er ihnen, daß United tatsächlich immer weiter nach oben klettern könne und daß es im neuen Jahr keinen Grund gab, weshalb sie nicht mit um den Aufstieg spielen sollten. Sie hatten nach dem Verkauf von Saxton Geld auf der Bank, und die Direktoren hatten zugestimmt, daß er einen Teil der Summe in einen neuen Spieler investieren dürfe, um die Aufstiegschancen zu erhöhen. Kein Wunder also, daß der Boß an diesem Abend euphorisch war.

Neil wandelte auf dem schmalen Pfad, ›einer der Jungs‹ zu sein oder aber ein hochmütiger Sonderling. Niemand bezweifelte, daß er seine Aufgabe als Mannschaftskapitän ernst nahm. Aber es war wichtig, allen zu demonstrieren, daß er es nicht zu wichtig nahm. Andernfalls hätte er leicht die Unterstützung der Teamkameraden verlieren können.

Gegen Ende der Party inszenierte er seinen Aufbruch sehr geschickt. Der Boß hatte eine Runde Drinks kommen lassen und erklärt, es sei ganz sicher seine letzte, denn ›ihr Jungs macht mich alle fertig‹. Das war der Augenblick für Neil, um völlig unverfänglich zu erklären, daß es an der Zeit sei, mit dem Aufhören anzufangen, wenn er noch eine Chance auf ungestörten Schlaf haben wolle. Und selbstverständlich wußten inzwischen alle von seiner angeblichen Schlaflosigkeit und seinem Bedürfnis nach einem Einzelzimmer. Noch bevor der Boß die Hälfte seines Drinks runtergekippt hatte, war Neil aus dem Hotel und auf dem Weg nach Clifton.

Keins der ersten drei Häuser, die er begutachtet hatte, schien vielversprechend. In das erste wäre leicht einzudringen gewesen, doch im oberen Stockwerk brannte Licht, was bedeuten konnte, daß zum Beispiel jemand noch las, weil er nicht schlafen konnte oder, daß es reine Vergeßlichkeit war. Auf jeden Fall war er nicht bereit, irgendein Risiko einzugehen. Das zweite Haus war unzugänglich, und beim dritten deutete ein Wassernapf neben der Hintertür darauf hin, daß hier ein Hund zuhause war.

In Neil begannen Enttäuschung und Verbitterung aufzusteigen. Im vergangenen Jahr war er zweimal unverrichteter Dinge zum Ausgangsort zurückgekehrt, nachdem er entschieden hatte, daß es nicht seine Nacht war. Schließlich stand er nicht unter Zwang, heute einzubrechen. Es würden sich immer noch andere Nächte finden, um Beute zu machen. Aber jetzt, nachdem er entschieden hatte, sein Elternhaus zu verlassen und eine eigene Wohnung zu beziehen, wollte er seine Geldreserven so schnell wie möglich erhöhen. Außerdem war er entschlossen, etwas Besonderes für Tina zu finden. Die Tatsache, daß sie ihn nie um etwas bat, nicht das geringste, machte ihn nur noch versessener darauf, ihr etwas zu schenken. Er hatte nie vorgehabt, sie zu fragen, ob sie mit ihm leben wollte, aber als er sich das vorschlagen hörte, schien es ihm die normalste Sache der Welt zu sein.

Er entschloß sich, es woanders zu versuchen, und die Gegend um den Georgian Square aufzugeben, in der er so erfolglos gesucht hatte. Ein erneuter flüchtiger Blick auf die Uhr: es war wirklich spät geworden. Er begann sogar, sich recht erschöpft zu fühlen. Es war ein hartes Spiel in Ashton Gate gewesen, und er hatte sich noch einen Schlag auf den Knöchel eingehandelt. Die Blessur war nicht ernst genug, um ihn zu beeinträchtigen, aber von Zeit zu Zeit erinnerten ihn stechende Schmerzen an den Zusammenprall mit dem quirligen Stürmer von City.

Ein großes viktorianisches Haus, offensichtlich auf dazu passendem Grundstück stehend, zog seine Aufmerksamkeit auf sich. Die meisten Objekte dieser Art waren in mehrere Wohneinheiten aufgeteilt, aber eine schnelle Inspektion der Veranda zeigte, daß es hier keine derartigen Unterteilungen gab. Vorsichtig wie immer ging er zur Rückseite des Gebäudes und gelangte durch ein nicht verschlossenes Tor in einen Durchgang zu einem dicht mit Sträuchern umsäumten Garten. Hier war es so abgeschieden, wie es in einer Wohngegend nur sein konnte, in der riesige Parkanlagen für Kleingärten gehalten wurden. Ein Haus wie dieses mochte einem Bankier, einem erfolgreichen Arzt oder einem Vermögensberater als Wohnstätte dienen: über den Wohlstand darin konnte kein Zweifel bestehen.

Nachdem er festgestellt hatte, daß die Hintertür leider nicht unverschlossen war, prüfte er jedes Fenster einzeln. Das Kellergeschoß war wohl seine größte Chance, obwohl er seit langem gewisse Zweifel hegte: in einem Fall war er durch ein Kellerfenster in ein Haus eingedrungen, um dann festzustellen, daß die Verbindungstür zum Haupttrakt des Hauses verschlossen war. Es bestand auch die Möglichkeit, daß das Kellergeschoß eine in sich abgeschlossene Wohnung war und deshalb jemand darin schlief. Auf der anderen Seite des Hauses stieß er auf eine steinerne Außentreppe, und wegen der Rohre darunter war es ziemlich sicher, daß das Fenster zur Toilette gehörte. Obwohl das Fenster recht schmal war, zweifelte Neil nicht daran, durchschlüpfen zu können. Ebenso wichtig wie jede andere Erwägung war die Tatsache, daß diese Toilette im Erdgeschoß lag. Das Fenster war jedoch fest verschlossen. Er war nicht in der Lage, es mit einem der Werkzeuge zu knacken.

»Verdammt«, murmelte er vor sich hin, »verdammt, verdammt, verdammt!«

Noch einmal prüfte er die anderen Fenster und Türen, während er überlegte, was zu tun war. Er erinnerte sich, daß er am folgenden Abend, am Sonntag, nach Clifton zurückkehren könnte, denn das Team blieb bis Montagnachmittag im Hotel. Aber sonntags waren mehr Leute zu Hause, als in den meisten anderen Nächten der Woche. Seine Aussichten, ein lukratives Ziel zu treffen, würden nicht besser werden.

Plötzlich wußte er, daß er hier hineingehen würde. Es gab, beschloß er, keine wirkliche Alternative. Das hier war ein Haus, das ihm zusagte. Er würde eben das kleine

Fenster aufbrechen müssen, aber das wäre möglich, ohne viel Lärm zu machen. Jedenfalls war es weit genug von irgendwelchen Schlafzimmern entfernt. Seine innere Stimme sagte ihm, daß er hier reiche Beute machen konnte. Aus seinem Gürtel nahm er eine Rolle Klebeband und befestigte einige Streifen in der Mitte der Scheibe. Nachdem sie sicher angebracht waren, klopfte er mit dem Endes seines Brecheisens hart und energisch dagegen. Nicht eine einzige Scherbe fiel herunter, und in Neil stieg erstmals seit Beginn der ganzen Expedition gehobene Stimmung auf. Obwohl die Fensterscheibe jetzt etliche Sprünge hatte, war es nicht schwer, die Teile zu entfernen, die am Klebeband hingen. Nachdem er eine ausreichend große Öffnung gemacht hatte, war er in der Lage, hineinzufassen und das Fenster von innen zu öffnen. Zu seinem Glück hatte niemand daran gedacht, Schlösser an dem Toilettenfenster anzubringen.

Das Geräusch des berstenden Glases war nicht lauter gewesen, als wenn ein am Boden liegendes Schneckenhaus zertreten wird. Aber Neil verharrte noch ein paar Minuten, für den Fall, daß irgendjemand im Haus dennoch alarmiert worden war. Aber es blieb still wie zuvor.

Nachdem er sich Eintritt verschafft hatte, war sein erstes Ziel, den Weg in die Küche zu finden und die Hintertür zu öffnen. Instinktiv durchstöberte er den Eisschrank, aber außer Lebensmittel war nichts darin. Die waren allerdings vom Feinsten, denn er entdeckte Fasan und geräucherten Lachs und eine Menge teuer aussehender Käsesorten (In Neils Augen war jeder ›blaue‹ oder ›grüne‹ Käse überbezahlt, egal, was er tatsächlich kostete). Wie er sich schon gedacht hatte, war die Küche ohne Rücksicht auf Kosten eingerichtet worden.

Als er aus der Küche zur Vorderseite des Hauses zurückkehrte, wunderte er sich, daß ein Haus wie dieses keine Alarmanlage hatte. Das hatte er mit aller Sorgfalt geprüft, dabei aber nichts entdecken können. Manchmal gab es eine Alarmeinrichtung an der Haustür — als ob es die Art von Einbrechern wäre, gerade hier einzusteigen — nicht jedoch in diesem Haus. In der Garderobe bot sich ein reichhaltiges Sortiment von Mänteln — einschließlich zweier Pelze, von denen einer zweifellos einem Mann gehörte. Die nächste Überraschung gab es in dem geschmackvollen Wohnzimmer mit extrem hoher Decke: es enthielt drei Fernsehapparate. Natürlich einschließlich der üblichen Videoausrüstungen. Vielleicht, kam es Neil in den Sinn, arbeitete der Hauseigentümer im TV-Geschäft. Das würde passen: in den Augen der meisten Leute waren Fernsehproduzenten oder -direktoren vermögend.

Dann hatte er einen anderen, unerwarteten Einfall: genau eine Woche zuvor, am späten Samstagabend, war er selbst auf dem Fernsehschirm zu sehen gewesen. Die Kameras vom ›Spiel-des-Tages‹ waren beim Heimspiel von Fleetville aufgebaut gewesen, und weil es sein erstes Match als jüngster Team-Kapitän in den beiden höchsten Ligen war, hatte der Reporter ihn interviewt. Folglich mußte er von Millionen Leuten in Millionen Wohnungen in ganz England gesehen worden sein; und vielleicht hatte ihn jemand auf einem dieser Bildschirme hier gesehen. Vor einer Woche war er ein gerngesehener Gast in all diesen Häusern gewesen. Und jetzt war er ein Eindringling in einem einsamen Haus, wo ihn niemand sehen durfte. Was, so fragte er sich, würden Fußballfans wohl denken, wenn sie sehen könnten, wo er war und was er tat? Er grinste. Die meisten würden wohl sagen, daß sie es einfach nicht glauben könnten: die ganze Sache sei ein Gag, inszeniert von einem erfindungsreichen Fernsehproduzenten, um ein Ratespiel zu bereichern. Manchmal fiel es Neil selbst schwer zu glauben, daß er neben seinem offiziellen Leben als Profi-Fußballer noch ein zweites, geheimes Leben als Einbrecher führte.

Das Wohnzimmer war allem Anschein nach fast ausschließlich dem Fernsehen vorbehalten; die Regale, die man anderswo für Bücher genutzt hätte, waren hier voll mit allerhand Kleinkram, auch einigen Silbertrophäen und Auszeichnungen. Die einzigen Bücher, die man sehen konnte, gehörten zur Sorte ›Nachschlagewerke‹. Also konnte man da nicht das verstecken, was er gerne finden würde.

Als Neil das letzte der Zimmer im Erdgeschoß erreicht hatte, begann er zu ahnen, daß dieses Haus doch keine allzugute Wahl gewesen war. Er wollte sich auf keinen Fall ins obere Stockwerk wagen. Er war fast sicher, daß dort jemand schlief. Er bezweifelte nicht, daß er im Schlafzimmer Bargeld und Schmuck finden würde, aber das Risiko, einen Leichtschläfer aufzuwecken, war ihm zu hoch. Sollte er in diesem Zimmer am Ende des kleinen Korridors gegenüber der Haupttreppe nicht mehr Glück haben, wollte er mit leeren Händen abhauen.

Die Klinke ließ sich leicht drehen, und er war fast im Zimmer, als ein Hund zu bellen begann. Im nächsten Augenblick schnellte das Tier um seine Beine herum, sein Gebell dröhnte wie Kanonendonner. Einen Moment lang war Neil wie gelähmt vor Überraschung: er konnte nicht fassen, daß er nach all den Vorsichtsmaßnahmen, die er getroffen hatte, von einem Hund in den Hinterhalt gelockt worden war.

Bevor er sich wieder bewegen konnte, ging das Licht an und eine mäkelnde Stimme fragte: »Wer ist da? Wer ist da?« Nie hatte er vermutet, daß im unteren Stockwerk jemand schlafen würde. Selbst, als er den Raum betrat, hatte er keinen derartigen Verdacht geschöpft. Sein Instinkt hatte ihn im Stich gelassen. Jetzt sah er eine ältere Frau — ihr Haar fiel ihm auf, es war schlohweiß -, die sich mühsam in ihrem Bett auf der anderen Seite des Zimmers erhob. Trotz der Dunkelheit hatte sie gewußt, wo der

Lichtschalter war — und wo die Schnur mit der Klingel. Und diese Klingel läutete jetzt wie wild im oberen Stockwerk.

Neil wollte wegrennen. Aber der Hund, ein braunweißer Spaniel, war auf diese Bewegung vorbereitet: er schoß heran und attackierte seine Knöchel.

Neil spürte den Biß und trat unwillkürlich aus. Der Hund war zu scharf für ihn. Er drehte sich klugerweise im Kreis und ließ Neil nicht entkommen. Anstatt das Biest zu überspringen, wie er's hätte tun sollen, trat er wieder nach ihm, in der Hoffnung, ihn außer Gefecht zu setzen. Während der ganzen Zeit jammerte die Frau mit lauter Stimme. Sie hatte längst aufgegeben, ihn zu fragen, wer er sei. Sie wollte wissen, wo Gerald war. Bei dem Tumult, den der Hund verursachte, mußte Gerald Glück haben, diese Frage zu hören. Neil schoß durch den Kopf, daß ihm nur noch Sekunden blieben, um davonzukommen. Er stand am Rand einer Katastrophe.

Verzweifelt trat er erneut nach dem Spaniel — und diesmal schlug das entschlossene Tier die Zähne in sein Hosenbein. So vehement er es auch versuchte, er konnte es nicht abschütteln. Mit seiner behandschuhten Hand versuchte er, die Fangzähne loszumachen, aber das Biest ließ nicht los — auch nicht, als er ihm zwei Schläge über den Kopf verpaßte. Als er losrennen wollte, wirkte das Gewicht des Tieres an seinem Bein wie eine Kugel an der Kette.

Er war kaum durch die Tür in den Korridor gelangt, als am Fuß der Treppe ein Mann auftauchte. Ein Mann mit einem Revolver in der Hand.

»Du wirst dort stehenbleiben!« befahl der Mann und hielt das Schießeisen mit der Verläßlichkeit eines guten Schützen. »Ich bin entschlossen zu schießen, wenn ich muß. Ich bin dazu berechtigt.«

Neil zweifelte nicht daran, daß der Mann meinte, was er sagte. Er hatte das Verhalten von einem, der gewohnt war, seinen Willen durchzusetzen. Selbst in Schlafanzug und Bademantel, der offen an ihm herabhing, machte er eine respektable Figur. Neil wußte, daß das Ende gekommen war. Es gab keine Entschuldigungen, die er hätte anbieten können, die von Belang, geschweige denn annehmbar wären. Er war nur wütend über sich selbst, daß er nicht auf die Idee gekommen war, hier unten könne jemand schlafen oder ein Hund sein.

»Geht's dir gut, Mutter?« rief der Mann plötzlich laut, die Augen unablässig auf Neil gerichtet.

»Was ist los, Gerald, was geschieht denn hier?« antwortete die Frau aus dem Schlafzimmer. Sie war ruhig geworden, nachdem sie die Stimme ihres Sohnes gehört hatte, die Neil befahl, sich nicht zu bewegen. »Ist Tiger in Ordnung? Wo ist er?«

Es dauerte eine Weile, bevor Neil kapierte, daß sie den Hund meinte. Er war so ruhig geworden, daß man beinahe hätte lachen können: was für ein drolliger Name für den fetten Spaniel! Trotzdem besaß er zweifellos scharfe Zähne und hatte einen wachen Instinkt, um seine Herrin zu beschützen. Erstaunlicherweise hielt er noch immer Neils Hosenbein fest.

»Keine Angst, Mutter, Tiger geht es gut, absolut gut«, beruhigte Gerald sie erneut. »Er hat einen Einbrecher gefangen — unglaublich. Großartige Vorstellung.«

Hinter Gerald erschien eine Frau: groß, blond, in einen enganliegenden blaßblauen Morgenrock gekleidet. Sie war jünger als Gerald, aber genauso beherrscht. Neil wußte, daß er auch von ihr keine Sympathie erwarten durfte.

»Ann, würdest du sofort die Polizei anrufen«, sagte Gerald zu ihr, ohne den Kopf dabei auch nur einen Zentimeter zu bewegen. »Sag ihnen, daß ich einen Einbrecher gefangen habe, und daß wir sofort Hilfe brauchen. Wenn du das getan hast, schau nach, wie es Mutter geht. Sie muß einen ordentlichen Schock bekommen haben. Dieser Rüpel ist in ihr Schlafzimmer eingedrungen.«

»Gut, Gerald«, antwortete Ann und ging zurück nach oben.

»Gerald, ich will Tiger sehen, ich will sicher sein, daß es ihm gut geht«, brachte die alte Dame mit zittriger Stimme hervor.

»Bin sofort bei dir, Mutter. Aber zuerst muß ich diesen — diesen brutalen Kerl wegschaffen. Ich will nicht, daß du ihn noch einmal sehen mußt. Keine weiteren Aufregungen mehr. Tiger, laß los, laß los! Ruf ihn, Mutter, er wird zu dir kommen. Guter Junge, guter Junge!«

Als sie ihn mit strenger, überzeugender Stimme rief, ließ der Spaniel, obwohl widerstrebend, los. Dann trottete er ins Zimmer der alten Dame und warf dabei ein paar unheilkündende Blicke auf Neil. Dann bückte Neil sich langsam und rieb fest an der Stelle, wo er gebissen worden war.

»Hat dich gebissen, was?« fragte Gerald.

»Ja«. Es war das erste Wort, das er sprach, nachdem er ertappt worden war.

»Gut, hoffe, es schmerzt«, erwiderte Gerald kalt. »Ist genau das, was ein Gangster wie du verdient. Ich bedaure nur, daß er nicht ein blutiges Stück aus dir herausgebissen hat.«

Es gab etwas, das Neil verwirrte. Trotz seiner mißlichen Situation wollte er eine Antwort darauf haben.

»Warum hat der Hund nicht gebellt, als ich einbrach?«

Einen Moment lang machte Gerald den Eindruck, als ob er sich zu keiner Antwort herablassen würde. »Weil er alt ist und weil er ein bißchen taub ist«, sagte er schließlich. »Deshalb schläft er auch ganz in der Nähe meiner Mutter. Es ist erfreulich zu sehen, daß er seine Beschützerinstinkte nicht eingebüßt hat.«

Ann, die nun alle Lichter angemacht hatte, kam wieder die Treppe herunter.

»Sie schicken einen Streifenwagen, sobald sie können«, informierte sie Gerald. »Aber er kann nicht sofort kommen. Sieht so aus, als ob die Polizei in Bristol eine arbeitsreiche Nacht hätte.«

Er nickte. »Gut, danke. Jetzt kümmere dich um Mutter. Ich werde dieses Subjekt ins Wohnzimmer führen und auf die Polizei warten.«

Neil war überrascht, wie gelassen sie jetzt waren. Wenn er darüber nachgedacht hatte, jemals während eines Einbruchs erwischt zu werden, hatte er stets vermutet, daß die Leute in Panik gerieten; daß sie viel überraschter und verängstigter wären als er, und daß er bei all der Verwirrung sich aus dem Staub machen könnte. Ann hatte ihn kaum eines flüchtigen Blicks gewürdigt, und keiner von beiden hatte Neil gefragt, wie es ihm gelungen war, ins Haus einzudringen. Sie würden ihn lediglich der Polizei ausliefern und damit basta.

Gerald gab mit dem Revolver ein Zeichen. »Vorwärts, in das Zimmer dort drüben. Ich vermute, du kennst es bereits.«

Neil ging. Er konnte überhaupt nichts dadurch gewinnen, daß er versuchen würde, zu diskutieren oder sich zu verteidigen. Das war ihm klar. Auch zweifelte er nicht daran, daß dieser Mann auf ihn schießen würde, wenn er versuchte wegzurennen. Wahrscheinlich würde es ihm sogar Spaß machen.

Aber nach fünf Minuten schweigsamen Sitzens — der Mann ihm gegenüber hielt den Revolver entschlossen wie zuvor in der Hand — beschloß er, daß er genausogut zu seiner Rechtfertigung etwas sagen konnte. Eine Chance von Eins zu einer Million, doch noch Gnade zu finden, war besser als gar keine.

»Sehen Sie«, begann er ruhig, »ich habe nichts genommen — nichts gestohlen. Sie werden feststellen, daß ich nichts bei mir habe. Ich war erst ein paar Minuten im Haus, als ich dieses Zimmer betrat — das Schlafzimmer, in dem ihre Mutter ist. Ich wollte ihr keine Angst machen, ehrlich.«

Er machte eine Pause und sah Gerald direkt in die Augen. Gerald blickte starr zurück, völlig unbewegt.

Wenigstens, sagte sich Neil, hat er nicht gesagt, ich solle das Maul halten, weil ich lüge.

»Sehen Sie«, fuhr er fort und versuchte, noch aufrichtiger zu klingen, »ich habe sowas noch nie zuvor getan. Weiß nicht, was mich veranlaßt hat, es heute zu tun. Eigentlich nur eine Herausforderung — von den anderen Jungs. Und ich fiel darauf rein. Ehrlich, mir tut es wirklich leid. Ich werde es nie mehr tun. Ich schwöre es. Wenn Sie mich laufen lassen, werde ich es nie wieder tun, niemals. Oh, und ich werde das Fenster bezahlen, das ich zerbrochen habe. Ich ... ich bin nicht knapp bei Kasse. Ich kann schon bezahlen.«

Geralds Ausdruck hatte sich nicht um ein Jota verändert. Er wartete einen Augenblick, als wollte er sicher gehen, daß Neil sein Plädoyer beendet hatte.

»Du vergeudest deinen Atem, verschwendest absolut jedes Wort«, sagte er schließlich in gleichbleibendem Tonfall. »Ich nehme dir nicht ab, was du sagst, nicht ein einziges Wort. Du bist nicht der erste Einbrecher, den ich in diesem Haus erlebt habe, daher weiß ich sehr gut, von welcher Sorte ihr seid. Du hast mein Haus beschmutzt und wirst die Konsequenzen zu tragen haben. Bedauerlich nur, daß ich die Strafe nicht selbst ausführen kann. Dann würdest du ein bißchen von der Angst mitkriegen, die meine Mutter hatte. Schade, daß du nicht versucht hast wegzurennen. Dann hätte ich auf dich schießen können. Ganz zufällig bin ich ein erstklassiger Schütze. Ich hätte die Kugel dorthin placiert, wo sie maximalen Schmerz bereitet.«

Danach sprach Neil nicht mehr, bis die Polizei eintraf. Es waren zwei Beamte, Ann führte sie wie geladene Gäste ins Wohnzimmer.

»Aha, das ist ein Neuer«, konstatierte der ältere, der nahe herantrat, um Neils Gesicht zu studieren, nachdem die Routineangelegenheiten vorüber waren. Er hatte rötliches Haar und eine Nase wie ein Fels; seine Augen waren von geradezu erschreckendem Blau. »Nicht einer unserer regelmäßigen Kunden. Obwohl das Gesicht ...«

»Er hat mir erzählt, daß er viel Geld hat«, unterbrach Gerald. Nun, da die Polizei das Kommando übernommen hatte, brauchte er den Revolver nicht mehr. »Das muß also bedeuten, daß er sowas schon öfter getan hat, nehme ich an. Wahrscheinlich ist er in einem anderen Gebiet tätig.«

»Wo wohnst du, Junge?« fragte der ältere Polizist.

Neil schluckte, und schluckte abermals heftig. Er wußte, daß sein Alptraum im Begriff war, Wirklichkeit zu werden. Er war sich ganz sicher.

»Fleetville«, antwortete er mit hohler Stimme.

»FLEETVILLE?« Die Verblüffung des Polizisten war echt. »Was hat dich denn hierher geführt?«

Neil wußte nicht, was er antworten sollte. Er spielte nicht den Dummen, aber er wußte einfach nicht, was er sagen sollte. Noch nie in seinem Leben hatte er sich so elend gefühlt. All die gewohnte Selbstsicherheit war weg.

»Komm schon, Junge, wie heißt du? Also glaub nicht, du kommst davon, wenn du nichts rausrückst. Komm, laß es uns wissen.«

»Neil Duncanson.«

Da dämmerte dem jüngeren Polizisten, wen sie hier verhaften sollten.

»Er ist der Fußballer — spielt für Fleetville United. Die Mannschaft, die heute nachmittag in Ashton Gate gespielt hat. Auweia!«

Sein Kollege wirkte in keiner Weise beeindruckt. Stattdessen runzelte er die Stirn. Er dachte, mit dem hier könnte es Ärger geben. Aber das würde nichts daran ändern, wie er die Straftat behandelte.

»Aha, deshalb kam dein Gesicht mir so bekannt vor — dein Bild war gestern abend in der ›Post‹«, brummelte er vor sich hin. »Ich vergesse Gesichter nicht, die ich in der Zeitung gesehen habe. Man weiß nie, wann man ihnen im wirklichen Leben begegnet. Also, das machst du in deiner Freizeit, ja? In die Häuser anderer Leute einsteigen und ihre Sachen stehlen und überhaupt alles in Unordnung bringen?«

Neil wußte nicht, ob er antworten sollte. Wahrscheinlich war der Polizeibeamte deshalb so schroff, weil er hoffte, Neil werde eine ganze Serie von Delikten gestehen oder sich wenigstens zu diesem Fall bekennen. Er wollte alles leugnen, wußte aber, daß es keinen Sinn hatte. Man würde ihn eingehend durchsuchen und dabei den Gürtel entdecken und alles, was sich darin befand. Das alleine würde beweisen, daß er diesen Einbruch geplant hatte. Trotzdem konnten sie ihm nicht nachweisen, daß er bereits andere Einbrüche begangen hatte, dessen war er sich sicher.

»Du brauchst das Geld nicht, das ist sicher, jedenfalls dann nicht, wenn du für einen Spitzenklub spielst«, fuhr der rotblonde Polizist nach einer knappen Pause fort, immer noch hoffend, Neil zu einer Bemerkung herausfordern zu können und so sein Motiv zu erfahren. »Was du tust, ist also nur für den Nervenkitzel, oder was? Nur um heimtückisch und gemein und völlig verdorben zu sein. Bei Menschen wie dich, wenn man das als Menschen bezeichnen kann, muß ich anfangen zu kotzen.«

»Genau, genau, Officer«, schaltete Gerald sich ein.

»Du hast also nichts zu sagen, ist das so?« fragte der Polizist. Man merkte, daß er beschlossen hatte, genug Fragen gestellt zu haben.

»Ich hab das noch nie getan, das ist die Wahrheit«, versicherte Neil.

Er war zu dem Schluß gekommen, daß es nichts zu verlieren gab, wenn er das sagte. Vielleicht könnte er damit sogar etwas herausholen.

»Nun, das ist die übliche Antwort«, war die gleichgültige Reaktion des Polizisten. »Na, dann werden wir mal mit der Arbeit fortfahren, dich belehren, den Schaden inspizieren und all das. Dann werden wir dich runter zur Polizeistation bringen.«

»Kann ich nicht ...«

»Du kannst überhaupt nichts, bis wir dir sagen, was du tun darfst. Deine einzige Möglichkeit, Duncanson, besteht darin, das zu tun, was man dir sagt, und keinen weiteren Ärger zu machen. Auf diese Weise bin ich später vielleicht bereit, mit dir zu reden, ohne dir ins Gesicht zu spucken.«

Als er einen Augenblick später mit dem Hauseigentümer hinausging, blieb Neil unter der Bewachung des jüngeren Polizisten zurück, der ihm anvertraute, daß er Mark heiße und ein Fußball-Fan sei. Neil hatte das Gefühl, er werde gleich um ein Autogramm gebeten.

»Aber mein Kollege, Jeff — der alte Ginger —, nun, der kann Fußball überhaupt nicht ausstehen«, fügte Mark mit leiser Stimme hinzu. »Wissen Sie, sein eigener Sohn wurde vor einigen Jahren von einem Fußball-Rowdy zusammengeschlagen, auf ganz schlimme Art. Jeff wird das niemals vergessen — und er ist keiner, der vergibt.«

Neil zweifelte nicht daran. Er hätte sich selbst ausrechnen können, daß ›Old Ginger‹ kein Freund von Profisportlern war. Ziemlich viele Männer in seinem Alter waren das nicht. Höchstwahrscheinlich waren sie mit den eigenen Sport-Aktivitäten gescheitert. Neil gab keinen Kommentar. Er war nicht sicher, ob er dem Polizisten trauen konnte. Marks weiche Art der Annäherung konnte Polizeitaktik sein, um ihn zum Geständnis weiterer Straftaten zu verführen.

Während sie warteten, daß ›Old Ginger‹ mit seinen Ermittlungen fertig würde, dachte Neil, der weiterhin in einem der Lehnstühle gegenüber dem Fernsehapparat saß, über die Wirkung nach, die seine Festnahme auf Leute haben würde, die er kannte. Er verschwendete nicht viel Zeit darauf, an seine Eltern zu denken: ebensowenig Zeit, wie sie für ihn verschwendeten. Sein Vater würde in einer typischen, aber ganz unkorrekten Phrase darauf bestehen, daß sie in dieser Angelegenheit ›ihre Hände in Unschuld waschen‹. Sie würden wohl ein wenig unter der Reaktion der Nachbarn leiden. Aber schließlich hatten sie nie viel Zeit für die Nachbarn aufgebracht, sie hatten niemals Zeit für irgendwen, außer für sich selbst.

Sein Bruder und die Mannschaftskameraden würden schockiert sein. Garry würde wohl etliche spöttische Bemerkungen in der Schule einstecken müssen, aber er hatte genügend Selbstvertrauen, um damit fertig zu werden. Vielleicht würde er sogar ein paar Pluspunkte sammeln können, wenn er andeutete, daß er von den ›Gesetzwidrigkeiten‹ des Bruders wußte, aber, um die Ehre der Familie zu wahren, ihn nicht verpfiffen hätte. Neil konnte es ihn geradezu sagen hören. Für seine Mannschaftskameraden würde es eine Sieben-Tage-Sensation sein, kaum mehr. Fußballer waren es gewohnt, mit ständigen Veränderungen in ihrer Mannschaft zu leben; daß der oder jener Spieler über Nacht wegen mangelnder Form oder wegen eines lukrativen Transfers verschwand. Nichts blieb im Fußball längere Zeit gleich. Sicherlich würden sie ihn nicht aus menschlichen Gründen vermissen. Sehr wahrscheinlich wären sie eher froh, ihn los zu sein, weil er ein Einzelgänger war: und daher eine Bedrohung für den ›Gemeinschaftssinn‹, der in den Klubs hochgehalten wurde. Gelänge es, den Skandal um seine Festnahme irgendwie in Grenzen zu halten, wäre es sogar eines Tages möglich, ins Team zurückzukommen.

Tina war die einzige, bei der seine Gedanken länger verweilten. Obwohl sie noch am ehesten mit der Situation klar käme, da sie als einzige wußte, was passieren konnte. Trotzdem würde sie schockiert sein, trotzdem großen Schmerz empfinden. Und sie würde an ihrem Arbeitsplatz in eine peinliche Situation kommen, sollten ihre Bekannten davon Wind bekommen.

Daß er ihr vertrauen konnte, daß sie dicht hielt und nichts ausplauderte, was sie über ihn wußte, falls die Polizei sie verhören sollte, daran hatte er keinen Zweifel. Sie würde nichts über die Perlen noch über die anderen Geschenke verraten, die er ihr gemacht hatte, und von denen die Polizei behaupten konnte, sie seien gestohlen oder von gestohlenem Geld gekauft worden. Er glaubte fest daran, daß sie treu zu ihm stünde — egal, wie auch immer seine Strafe ausfiel. Von nun an begriff er, daß es einem Wunder gleichkäme, sollte er einer Strafe entrinnen. Falls er das Geld, das er bei diversen Banken und Bausparkassen angelegt hatte, behalten konnte, wären sie vielleicht doch noch in der Lage, sich eine gemeinsame Wohnung einzurichten.

Als wollte er dazu beitragen, daß die Stimmung nicht noch tiefer sank, plapperte Mark wahllos drauflos, kreuz und quer durch die Fußballspiele und ihre bekannten Akteure, aber er erhielt so gut wie keine Antwort. Neil beschäftigte sich mit der Frage, was der andere Polizeibeamte im Schilde führte. Inzwischen hatte er das zerbrochene Fenster sicher längst entdeckt, und zweifellos nahm er die Aussagen des Hausbesitzers zu Protokoll. Aber wahrscheinlich würde all das in etwa einer Viertelstunde abgeschlossen sein. Neil wollte raus aus dem Haus. Je eher etwas geschah, desto eher ginge auch seine Tortur vorüber.

»Gut, laß uns aufbrechen«, befahl Ginger bei seiner Rückkehr barsch. Als er das Zimmer betrat, brachte er Mark mit einem flüchtigen Blick zum Schweigen. Seine Absicht war offenkundig — Neil wie ein x-beliebiges Objekt zu behandeln. »Je eher wir den hier hinter Schloß und Riegel haben, umso besser.«

»Werden Sie ... werden Sie mich in Gewahrsam nehmen?« fragte Neil.

»Dafür ist später Zeit genug. Wir werden weiter ermitteln. Dann werden wir sehen, was wir haben. Gut Mark, bring ihn mit.«

Sie gingen zur Vordertür hinaus, doch zu Neils Überraschung war weder von Gerald noch von den Frauen etwas zu sehen. Sogar Tiger, der große Held, blieb still. Er hatte irgendwie auch eine kleine Menschenansammlung erwartet, die um den Streifenwagen der Polizei herumstehen würde, aber die Allee war menschenleer.

Seine Ankunft in der Polizeistation machte erheblichen Wirbel, und eine Menge Beamter eilte herbei, um ihn zu sehen, offensichtlich aus reiner Neugier. Einige machten ihre Witzchen wie: ›Ich hab ja gesagt, daß Fleetville gestern die Punkte von City gestohlen hat‹. Inzwischen fühlte Neil eine bleierne Müdigkeit in sich aufsteigen. All seine nächtlichen Energien, über die er sonst verfügte, schienen ihn verlassen zu haben. Er war schließlich seit rund 24 Stunden auf den Beinen und in eine Menge physischer Aktivitäten verwickelt gewesen. Tatsächlich waren es aber die psychischen Strapazen, die nun stark an seinen Kräften zehrten.

Als er mechanisch die Angaben zur Person machte, erinnerte er sich dunkel, daß ein Gefangener die Anwesenheit eines Anwalts verlangen konnte. Aber er hatte keinen Anwalt und auch keine Ahnung, wie er es anstellen mußte, Kontakt mit einem aufzunehmen. Leute, die ihn kannten, würden früh genug erfahren, wo er war — vermutlich würde die Polizei es ihnen sagen. Trotzdem kam er zu dem Schluß, es wäre angebracht, jemandem mitzuteilen, was passiert war. Seine erste Wahl wäre Tina gewesen, aber er konnte sie nicht in die Sache mit der Polizei verwickeln. Die einzige Alternative blieb der Manager von Fleetville United. Ihm war er wirklich die Information schuldig, wo denn sein Mannschaftskapitän abgeblieben war.

»Okay, wir werden es ihm mitteilen, aber nicht gerade jetzt«, willigte ein Wachtmeister ein. »Er kann genausogut den Rest der Nacht schlafen. Ich nehme an, daß er dann genug Probleme haben wird.«

Sie nahmen ihm seinen Gürtel weg, gaben ihm eine Wolldecke und begleiteten ihn dann zu seinen ›Privatgemächern‹ für die Nacht, wie sie es spöttisch nannten.

Der Raum enthielt ein Bett, eine Matratze und einen Eimer mit Deckel. Das einzige ›Fenster‹ bestand aus einem Guckloch in der Stahltür. Es war der trostloseste Raum, den er je gesehen hatte. Allerdings war er auch noch nie in einer Zelle der Polizeistation eingeschlossen gewesen.

Tony Goodare kam fast noch vor Anbruch des Tages auf der Polizeistation an. Jemand war so freundlich gewesen, ihm Neils Nachricht zuzutragen, und der Manager, ohnehin ein notorischer Frühaufsteher, war bereits fünf Minuten später auf dem Weg zu ihm.

Der Wachtmeister, der in Neils Zelle kam, mußte ihn rütteln, um ihn wach zu bekommen. Das war kaum überraschend, denn er hatte nur wenige Stunden geschlafen. Sie erlaubten ihm, mit dem Manager in einem Gesprächszimmer zu sprechen. Neil hätte zuvor gerne etwas zu trinken gehabt, aber man bot ihm nichts an, und fragen würde er nicht.

Der Boß sah übernächtigt aus, schlimmer, als wenn United von einem namenlosen Amateurklub im Halbfinale des Pokalwettbewerbs eine schwere Niederlage verpaßt bekommen hätte.

»Ist es wahr, Dunc?« war seine erste Frage.

»Was?«

»Daß du in ein Haus eingebrochen bist — daß du auf frischer Tat ertappt worden bist in diesem Haus?«

»Ja.«

»Ich glaub es nicht. Ich kann es einfach nicht glauben.« Er sagte, was er dachte. Diesmal war keinerlei Übertreibung in seinem Verhalten. »Aber warum, mein Sohn, warum bloß?«

»Ich weiß es nicht.« Neil zögerte. Er wußte, daß das nicht ausreichen würde. Er wurde sich bewußt, daß er Hilfe brauchte; und in Tony Goodare hatte er seine beste Chance. »Ich meine ... ich hab's einfach ... getan. Es war verrückt, ich weiß das, aber ich bin einfach, naja, mitgerissen worden, Boß. Es schien mir ein bißchen eine ... eine Herausforderung.«

Die Augen des Managers verengten sich. »Du hast sowas niemals zuvor getan?«

»Natürlich nicht!«

»Aber du hast es geplant?«

»Nein, ich habe mir bloß gesagt ...«

»Schau, mein Sohn, ich bin nicht von gestern«, unterbrach ihn Goodare scharf, ohne aber lauter zu reden. »Ich hatte ein paar Minuten Zeit zum Nachdenken, während ich darauf wartete, daß du hereingebracht würdest. Ich kann mir selbst zusammenreimen, weshalb du ein Einzelzimmer haben wolltest, wenn wir auswärts in Hotels wohnten. Nach dem, was ich gehört habe, bricht so, wie du es getan hast, niemand in ein Haus ein, ohne es geplant zu haben. Ich will dir was sagen, Dunc, das ist eins der Dinge, die mich anwidern — die Irreführung, die du betrieben hast. Mir die Geschichte erzählen, daß du nicht richtig schlafen kannst, während du dich die ganze Zeit rausgeschlichen hast wie ein Dieb — rausgeschlichen, um einzubrechen! Mein Sohn, dafür gibt's keine Entschuldigung, überhaupt keine Entschuldigung. Das kotzt mich an!«

Seine Erregung äußerte sich in der gewohnten Form: die Hände fingerten nach der unerreichbaren Zigarette und tauchten rasch mit dem Feuerzeug auf, um es wieder und wieder anzuzünden. Trotzdem dachte er zur gleichen Zeit angestrengt nach und versuchte, sich darüber klar zu werden, was im Interesse des Klubs und des Spielers zu tun sei. Duncanson war der Mannschaftskapitän. Er konnte, was immer er auch getan hatte, nicht einfach so aufgegeben werden.

»Es tut mir leid«, sagte Neil.

Tony Goodare hörte auf, nervös zu sein und starrte einige Augenblicke wortlos auf Dunc. Er erinnerte sich an die großen Hoffnungen, die er in diesen Burschen gesetzt hatte: Hoffnungen im Sinne von Uniteds Zukunft, und Hoffnungen auf die Karriere eines unbestreitbar talentierten Youngsters. Mußte diese verrückte Tat alles in Frage stellen? Das wäre eine Tragödie.

»Willst du damit sagen, daß dir leid tut, was du getan hast?« fragte er ganz unverblümt.

»Ja, natürlich. Wirklich.«

Er war überrascht, daß Goodare ihm mißtraute. Der Boß hatte ihm nie Unrecht getan. Ganz im Gegenteil. Er hatte großes Vertrauen zu ihm gehabt und ihm großartige

Möglichkeiten geboten, um ihm zu zeigen, was er in jungen Jahren alles erreichen konnte. Daß er den Boß im Stich gelassen hatte, tat ihm sehr leid.

»Nun, das ist doch schon mal was, ein erster Schritt auf dem Weg zurück«, sagte Goodare mit tiefem Seufzer. »Der Klub hat einen erfahrenen Anwalt. Mit dem werde ich reden müssen. Muß mal hören, was er zu sagen hat, was er rät. Du wirst dich natürlich schuldig bekennen müssen.«

»Werde ich das?«

Der Boß schaute ihn überrascht an. »Nun, natürlich wirst du das, mein Sohn! Ich meine, du bist schuldig, oder? Du würdest die Sache nur noch schlimmer machen, wenn du versuchst, was andres zu behaupten. Ein offenes Geständnis hilft bestimmt — es wird den Schaden verringern, sofern das möglich ist. Also, kapiert?«

Er machte eine Pause, doch Neil zeigte keine Reaktion. Bis zu dem Zeitpunkt, da der Boß es erwähnte, hatte er nicht darüber nachgedacht, wie er sich vor Gericht verteidigen sollte. Vor Gericht gestellt und wegen einer strafbaren Handlung zur Rechenschaft gezogen zu werden, war etwas, worüber nachzudenken er sich noch geweigert hatte, obwohl ihm längst klargeworden war, daß es durchgestanden werden mußte.

»Die Neugier der Öffentlichkeit wird uns umbringen«, setzte der Boß fort und brachte damit zufällig Neils eigene Ängste zum Ausdruck.

»Aber wir werden darüber wegkommen — der Klub, meine ich. Ich weiß nicht, ob du es wirst, Dunc. Nach meinen Erfahrungen muß ein Einzelner mehr leiden als eine Organisation. Hat die Presse schon Wind von der Sache bekommen, weißt du das?«

»Keine Ahnung. Die Polizei hat mir überhaupt nichts gesagt, außer daß sie weitere Nachforschungen anstellen werden. Ich vermute, das kann alles mögliche bedeuten.«

Goodare nickte. »Ich bezweifle, daß die Jungs von der Presse schon Bescheid wissen. Sie wären auf mich losgeschossen, wenn sie's wüßten. Es ist kein Geheimnis, wo wir wohnen. Es könnte uns vielleicht gelingen, die Sache etwas herunterzuspielen, obwohl ich das eher bezweifle. Vielleicht könnten sie das Ganze wie einen Blackout darstellen. Es muß tatsächlich auch einer gewesen sein, oder?«

Neil zuckte mit den Schultern. Wahrscheinlich war es das beste, das zu machen, was der Boß wollte. Er schien zu wissen, was er tat und was er sagen mußte.

»Vermutlich«, stimmte Neil zu. Der Manager hatte sein Feuerzeug weggesteckt und schien wieder gefaßt zu sein. Er begann, die Katastrophe wie ein schlechtes Spielresultat zu behandeln. Schon bald würde das nächste Spiel folgen, und es galt, sein Team darauf vorzubereiten. Die Dinge konnten sich nur zum Besseren wenden. Wenn man daran nicht glaubte, hätte es keinen Sinn, weiterhin Profi-Fußball zu spielen. Diese Philosophie hatte er viele Jahre Dutzenden von Mannschaften eingehämmert. Und sie war heute so zutreffend wie je.

»Wissen deine Eltern Bescheid — daß du festgenommen worden bist, meine ich?«

Im selben Augenblick, als er die Frage stellte, erinnerte er sich an die Verantwortung, die ihm die Duncansons übertragen hatten.

»Denke nicht. Sie werden sich wahrscheinlich sowieso nicht dafür interessieren. Sie interessieren sich nur für sich selbst.«

Goodare war bestürzt über die Bitterkeit im Tonfall des Jungen. Da war eine abgrundtiefe Ablehnung, die er niemals erwartet hatte. Aber der Manager erkannte, daß es für ihn nun zu spät war, um wirkungsvoll dagegen anzugehen. Was immer auch schief gelaufen war zwischen Dunc und seinen Eltern, er würde es erst zu einem späteren Zeitpunkt herausfinden können. Er hatte in den nächsten Tagen wahrhaftig genug auf dem Teller, einschließlich des wichtigen Pokalspiels, das anstand.

»Sieh mal, Dunc«, sagte er eindringlich, »ich muß jetzt gehen. Ich habe mich um eine ganze Menge Dinge zu kümmern, nicht nur um deine ... Schwierigkeiten. Aber als erstes werde ich mir den Anwalt packen und ihn informieren. Höchstwahrscheinlich wird er später hier auftauchen, um mit dir zu reden, vorausgesetzt, er ist verfügbar. Das eine kann ich dir versprechen, mein Sohn, wir werden unser Bestes für dich tun.«

»Danke, Boß. Ich ...«

»Warte, Dunc, ich bin noch nicht fertig! Wenn wir dir aus diesem Schlamassel raushelfen sollen, dann mußt du ehrlich zu uns sein. Daran führt kein Weg vorbei. Wenn du solche Sachen früher schon gemacht hast, dann mußt du es zugeben. Klar Schiff! Wirf all das verdorbenen Zeug über Bord. Fang wieder von vorne an. Das ist der einzige Weg, wie wir zusammen weiterkommen können. Wenn später etwas Übles ans Tageslicht kommt, dann ist es aus — finito. Dann hast du dir's für alle Zeiten mit uns verdorben. Keinen doppelten Boden in dieser Sache, verstehst du?«

Neil nickte. Er fühlte sich matt und durstig. Aber er wußte, man würde ihm nichts zu trinken geben, bevor der Manager nicht gegangen war. Er hatte keine Ahnung, wann er wieder freikam. Sollte die Polizei weiter gegen ihn ermitteln, so hatte sie ihn sicher gerne aus dem Weg: eingeschlossen in einer Zelle.

Sie gaben sich förmlich die Hände, fast wie Fremde. Neil versuchte zu lächeln oder einen Scherz zu machen, wie schwach auch immer, aber er brachte es nicht fertig.

»Jemand vom Klub wird sobald wie möglich Kontakt mit dir aufnehmen, aber ich kann dir nicht versprechen, wann das sein wird«, lauteten die Abschiedsworte des

Managers. »Nutze die Zeit bis dahin. Denk über die Zukunft nach — und über die Vergangenheit. Denk intensiv nach.«

Wenige Minuten später wurde Neil zurück in seine Zelle gebracht — es gab Frühstück. Während er aß, begann er nachzudenken ... intensiv.

Zehntes Kapitel

Neil Duncanson war daran gewöhnt, von interessierten Zuschauern angestarrt zu werden. Aber nicht auf so kurze Distanz, wie es ihm im Gerichtssaal von Bristol widerfuhr. Als er auf der Anklagebank Platz nahm, überraschte ihn die Enge des Raumes am meisten. Normalerweise, wenn er im Mittelpunkt des Interesses stand, hatte er viel Platz, um sich zu bewegen, und die Zuschauer befanden sich hinter Zäunen oder Absperrungen. Fast alles schien hier über ihm zu stehen — auch, und das war das Bedrückendste —, die drei Richter, die aus ihrer erhöhten Position auf ihn herabsahen.

Wieder hatte er einen trockenen Mund, genau wie am vergangenen Morgen, nach der ersten Nacht in der Zelle. Er sollte, den Anweisungen von Mr. Griffith nach, seinem Verteidiger, im Gerichtssaal sehr wenig sagen. Es war abgemacht, daß er sich schuldig bekennen sollte. Wenn er erklären würde, daß er vorsätzlich und mit der Absicht, zu stehlen in das Haus in Clifton eingebrochen war, würde die Gerichtsverhandlung schnell vorübergehen. Neil erschien es, als ob praktisch alles, was mit dem Fall zu tun hatte, bereits im voraus entschieden war. Doch da gab es, nicht zu vergessen, noch eine große Ungewißheit: welche Strafe würden die Richter als angemessen erachten? Ihm konnte eine Gefängnisstrafe aufgebrummt werden, aber Mr. Griffith glaubte, eine hohe Geldstrafe sei wahrscheinlicher, da er nicht vorbestraft war. Trotzdem, hatte er gemurmelt, könne man nicht sicher sein, in welcher Laune die Richter an einem Montagmorgen seien, wenn man von ihnen verlangte, über das Schicksal eines jungen Profi-Fußballers zu entscheiden, der ziemlich wohlhabend war ...

Die Polizei, folgerte Neil, mußte ihre Ermittlungen in Fleetville abgeschlossen haben. Offensichtlich war nichts weiter ans Licht gekommen, denn hier war er nur wegen einer Straftat angeklagt. Mr. Griffith war nicht der Hausjurist des Klubs — der war nicht verfügbar gewesen — aber einer, den der Klub ausfindig gemacht hatte, um sich seiner Sache anzunehmen. Neil erschien er schon ein wenig gebrechlich und nicht mehr ganz bei der Sache; er brummelte viel. Aber man sagte von ihm, daß er einen guten Ruf bei Gericht habe und respektiert werde. Beharrlich blieb er dabei, Neil mit ›Mr. Duncanson‹ anzureden; und hartnäckig forschte er ihn nach zurückliegenden Straftaten aus. Doch schließlich akzeptierte er Neils Erklärung, daß er in Clifton spontan gehandelt habe, obwohl der Gürtel und dessen Inhalt anderes vermuten ließ — um es zurückhaltend auszudrücken.

Neil mußte sich räuspern, als der Gerichtsschreiber ihn ordnungsgemäß fragte, ob die vorgelesenen persönlichen Daten korrekt seien, und ob er wünsche, daß sein Fall vor diesem Gericht verhandelt würde.

»Ja, bitte«, sagte Neil, ohne groß nachgedacht zu haben. Ein unterdrücktes Gelächter wurde vernehmbar — wahrscheinlich kam es von den Presseplätzen.Es waren weniger Journalisten anwesend, als er und die Klub-Leute befürchtet hatten. Trotzdem reichte schon ein Reporter aus, um die Vorgänge an die lokalen und überregionalen Zeitungen, die Presseagenturen, Radiostationen und Fernsehanstalten zu melden. Dank seiner Größe war Bristol ein Standort für Journalisten überregionaler Zeitungen, aber nur wenige waren im Gerichtssaal. In diesem Fall war Neil froh, daß er offensichtlich doch nicht so berühmt war, wie er angenommen hatte.

»Schuldig«, antwortete er mit ruhiger Stimme, als er gefragt wurde, ob er sich im Sinne der Anklage schuldig oder nicht schuldig bekenne. Und dann wurde ihm gestattet, sich hinzusetzen.

Er sah sich im Gerichtssaal um, aber da war kaum ein Gesicht, das er kannte. Natürlich war keiner seiner Mannschaftskameraden anwesend, und man hatte auch beschlossen, daß niemand vom Management Uniteds anwesend sein sollte. Einziger Vertreter des Klubs war einer der weniger bekannten Direktoren, und selbst Neil hatte Schwierigkeiten, ihn unter den Zuschauern zu entdecken. Von seinen Eltern oder Tina hatte er keine Nachricht erhalten, aber eigentlich hatte er das auch nicht erwartet. Würde er an diesem Abend oder am folgenden Tag nach Hause kommen, hätte die Lokalzeitung sicherlich bereits seine ganze Geschichte einschließlich der Gerichtsverhandlung veröffentlicht. Wenn er diese Woche überhaupt nach Hause kommen würde ...

Zu seiner Überraschung wurde die Anklage von einem Mädchen vorgetragen, das kaum älter aussah als er, obwohl er vermutete, daß dies nicht stimmen konnte, da sie einige Jahre darauf verwandt haben mußte, sich für diese Aufgabe zu qualifizieren. Was nicht in Frage stand, waren ihre Eleganz und Attraktivität, vor allem ihre Ausstrahlung und ihr Selbstvertrauen. Neil ertappte sich, daß er, statt zuzuhören, was sie sagte, sie einfach bewundernd beobachtete. Allerdings kannte er die Geschichte, die sie erzählte, auch besser als sie. Als sie sich hinsetzte, kurz nachdem sie das Wort ›Kosten‹ erwähnt hatte, war er fast etwas enttäuscht.

Auch Mr. Griffiths Vorgehen war entschieden und routiniert, als er aufstand und für die Verteidigung sprach. Da war nichts mehr von dem Gebrummel und den Wiederholungen, die Neil aus den Gesprächen kannte. Neils Stimmung hob sich ein wenig. Mr. Griffith schien zu denken, daß Neil Duncanson sich töricht und impulsiv verhalten hatte, er aber mit Sicherheit kein Verbrecher sei, und daß es unwahrscheinlich sei, daß Neil ein zweites Mal eine auch nur halb so dumme Sache anstellen werde.

»Ich hoffe, daß diesem jungen Mann die Chance gegeben wird, seine Tat wiedergutzumachen«, schloß Mr. Griffith, »und zu beweisen, daß diese Entgleisung kein zweites Mal passieren wird.«

Neil hatte auf einen aufmunternden Blick des Verteidigers gehofft, als dieser seinen Platz wieder einnahm, doch Mr. Griffith senkte den Kopf und vertiefte sich wieder in seine Akten.

Die Richter, zwei Männer und eine ältere Frau, zogen sich zur Beratung zurück. Neil leckte sich nervös die Lippen. Er war sich bewußt, daß in den nächsten Minuten über seine gesamte Zukunft entschieden würde. Obwohl niemand derartiges angedeutet hatte, wußte er doch, daß er, sollten ihn die Richter ins Gefängnis stecken, niemals mehr für United oder einen anderen Spitzenklub spielen würde.

Es wäre schlimm genug, im ›Ruf‹ zu stehen, mit einer Geldstrafe behaftet zu sein, aber Gefängnis ... Wenn er seinen Lebensunterhalt nicht mit Fußball verdienen konnte, so wüßte er nicht, was er sonst tun sollte, da er nichts anderes gelernt hatte. Und wenn er keinen Job hätte, würde auch die Beziehung mit Tina ins Wanken geraten.

»Stehen Sie bitte auf, Mr. Duncanson.«

Neil erhob sich ohne Umschweife und versuchte, sich auf die Miene des Vorsitzenden zu konzentrieren: doch seine Aufmerksamkeit wurde eher von dem silbernen Haar des Mannes, dem blauen Nadenstreifenanzug und der weißen Nelke im Knopfloch in Anspruch genommen.

Wie erwartet, wurde ihm vorgehalten, welch ein ernstes Verbrechen er begangen hatte, ein Verbrechen, auf das Gefängnis stand. Es sei in der Tat unverantwortlich dumm gewesen, so was zu tun; als mildernder Umstand sei jedoch zu werten, daß er sein Verhalten aufrichtig bedaure, und daß nicht zu erwarten sei, daß er ein zweites Mal eine solche impulsive Torheit begehe.

»Es wäre besser nicht geschehen«, sagte der Vorsitzende scharf. »Für diese Straftat werden Sie mit einer Geldstrafe in Höhe von 1000 Pfund belegt, zuzüglich der Kosten des Verfahrens. Lassen Sie sich's eine Warnung sein, junger Mann. Ich möchte Sie nicht noch einmal vor Gericht sehen. Es wäre unmöglich, Sie ein weiteres Mal so nachsichtig zu behandeln.«

»Danke, Sir«, flüsterte Neil mit Mühe. Es war vorbei.

Doch es war nicht das Ende seines Lebens.